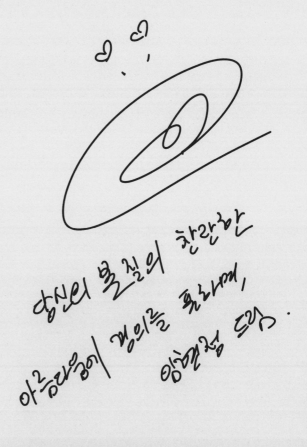

당신의 본질의 찬란함
아름다움이 깊이를 흩날리면,
양혜정님 드림.

BLISS

내 안의
찬란함을
위하여

블
리
스

피아니스트 임현정 에세이

BLISS

CRETA

차례

임현정 님은 피아노 선율을 통해 존재의 근원적 진실을 전달하는 진솔한 예술가입니다. 그녀의 연주 속에는 모든 존재가 근원적으로 연결되어 있다는 깊은 통찰이 녹아 있습니다. 때로는 역동적인 터치로, 때로는 차분하고 고결한 멜로디로 우리를 존재의 심연으로 초대합니다.

《블리스》에는 어린 시절부터 피아노와 함께 성장해 온 파란만장한 삶의 여정이 생생히 담겨 있습니다. 음악에 대한 열정, 예술가로서의 고뇌와 번민, 연주자의 기쁨과 환희가 진솔한 필치로 그려집니다. 그녀의 글을 통해 우리는 세상의 모든 것이 둘도 아니고 하나도 아닌, 조화로움과 온전함으로 빛나는 존재라는 깨달음을 만나게 됩니다.

오랜 지혜의 전통을 현대 과학의 언어로 재해석하는 명상 지도자로서, 저는 이 책이 우리 모두의 존재성에 대한 근원적 질문에 가장 아름다운 예술의 언어로 답하고 있다고 생각합니다. 임현정 님의 언어는 그 자체로 명상이며, 우리 내면에 고요히 흐르는 존재의 본질을 일깨우는 영혼의 시입니다.

존재에 대한 깊은 사유와 자각, 예술이 선사하는 위대한 깨달음과 감동이 여러분을 기다리고 있습니다. 이 책을 통해, 우리는 모두 빛나는 온전한 존재이며 존엄한 생명임을 가슴 깊이 되새기게 될 것입니다.

— 김완두(미산), KAIST 명상과학연구소 소장

수많은 음악회와 음반을 통해 뛰어난 연주 실력과 열정적인 무대를 보여왔던 피아니스트 임현정의 신간 《블리스》를 읽었습니다. 열정적이고 풍부한 언어로 인생과 음악에 대한 본인의 철학을 전하고 있는 이 책은 많은 것을 생각하게 합니다.

처음 들었던 생각은 이 책은 어떤 분야의 책으로 분류될까 하는 것이었습니다. 대형 서점의 다양하고 많은 책이 특정한 기준과 조건에 의해 분류되고 분리되어 꽂히는데, 임현정의 이 책은 어디쯤 꽂힐까 하는 궁금함이었습니다. 신간 베스트셀러? 음악가의 단상? 글쎄 저는 읽어가면서 이 책은 '종교', '영성' 파트가 따로 있는 곳이라면 그곳에 당당히 있어도 될 만한 책이라고 생각했습니다. 왜냐하면 영성靈性, spirituality은 어렵게 생각하면 한없이 어렵고 복잡한 것이겠지만, 세상을 살아가고 일상을 변화시키는 어떤 방식이자 '본질'을 향해 꿰뚫어 나아가는 진실한 마음을 의미한다고 보기 때문입니다.

유행과 관심만을 좇는 요즘의 세태에서 자기 자신의 진실과 마음 안의 울림을 향하는 움직임이 진정 인간의 본질이라고 말하는 것이, 그는 참 '영성적' 깊이를 가졌다고 생각했습니다.

임현정은 진정 행복의 길은 명성과 외부의 인정이 아니라 작곡가가 전하는 음악의 고귀함을 부단히 탐구하고 연주자의 개성과 통합하여 자유롭고 숭고하게 표현하며 느끼는 보람이라고 말합니다.

예술을 위한 예술에 머무는 것이 아니라, 인생에서 받은 많은 것들을 만나는 이들에게 나누려는 선한 영향력은 영성이 얘기하는 '본질'을 찾아 살아가는 임현정의 아름다운 모습의 한 단면이라고 생각합니다.

저는 한 사람의 종교인으로서 "직업을 넘어서 사명이 있어야 하고, 나아가 한 인간으로서 인생을 살며 '세상의 빛'으로서 베풀고 나누는 '숙명'을 실천하는 것이야말로 그 사람을 더욱 고귀하게 한다"고 확신에 차서 이야기하는 임현정 예술가에게 참 고맙습니다.

이 책을 읽으며 임현정의 음악이 우리에게 영감을 주고 깊은 위로를 주는 것은 이러한 올곧고 자유로운 인생관에 기초하면서도 동시에 삶의 본질을 살아내고자 하는 '영성적 인간'이기 때문이 아닌가 생각해 봅니다.

그의 음악을 사랑하고 그의 마음을 이해하고자 하는 분들과 인생길을 고민하는 젊은이들에게 일독을 권합니다.

— 조정래 신부, 가톨릭 평화방송 평화신문 사장

일러두기

1. 외래어 인명과 지명 등은 국립국어원의 표기법을 따랐습니다. 하지만 일부 굳어진 명칭은 일반적으로 사용하는 발음으로 표기했습니다.
2. 책 제목, 신문 등 간행물은《 》, 음악과 그림, 오페라 등의 작품명은〈 〉기호를 사용했습니다.
3. 본문에 실린 그림은 모두 저자가 그렸으며, 캡션에 제목과 그린 연도를 함께 실었습니다.

한 줄기 빛으로 온 나는

빛과 어둠

음과 양

선과 악을 가로지르며

아름다움 찾아 삼만 리

과거로 도망치는 현재를 붙들고

아름다움을 외쳐보지만

미래로 소멸하는 현재를 떠나보내며

다음으로 기약되는 아름다움

어둠이 없는 빛을 찾고
악이 없는 선을 찾아
삼만 리가 십만 리가 되고
십만 리가 패배를 부를 무렵

어둠에서 일어난 새벽이
아침을 가리키며 속삭인다

음이 있으니 양이 있고
어둠이 있으니 빛이 있어
극과 극이 공존하는
신성한 이분법

어지러움에 허우적거리며
익숙한 곳을 찾아 잠이 든 나에게

어둠은 날개가 되어
높디높음으로 나를 끌어올리고
햇살은 눈이 되어
넓디넓은 시선으로 나를 확장시켜

극과 극을 모두 포용하는

무한한 가능성의 자리

그래서 완벽하고도 완벽한

본연의 아름다움의 품으로

나를 초대하네

나는 아침에게 물어보았지

아침아, 아침아,

너는 참 아름답고도 완벽하구나

너 말고도 이 세상에

아름답지 않고

완벽하지 않은 것이

하나라도 있니?

2021년 9월 16일

베토벤 〈피아노 협주곡〉 4번의 단상

　유일무이함과 조화로운 하나됨이 공존할 수 있을까? 인생의
절반 이상을 유럽에서 보냈고 한국어보다 프랑스어를 좀 더 자
유롭게 구사하는 나에게, 그리고 동양인으로서 클래식 음악과

평생을 함께하는 나로서는, 동서양의 뚜렷한 개성이 만나 하모니를 이룰 때 깊은 충만감과 큰 하나 됨을 느낀다.

그렇게 조화롭게 하나 됨을 느낄 때 개성의 유일무이함이 더욱 찬란하게 빛난다. 그리고 초월한다. 눈을 감고 마음으로 느껴보면 순수한 본질 그 자체만 남는다. 자신을 정의한다고 생각하는 남성-여성, 동양-서양, 선생님-제자, 상사-직원 등의 라벨들을 초월하여 존재 자체로 존재하는 자신을 느낀다. 마음을 내어 울고 웃고, 창조하고 파괴하고, 사랑하고 증오하고, 살기도 하고 죽기도 하는 마음. 무한한 가능성이 분출되는 마음. 그 마음으로 우리는 각자 다양하고도 무한한 행위를 통해 세계를 만들어 나간다.

그 마음으로 빚어지는 것이 예술이고, 예술을 통해서 우리는 영혼에서 영혼으로 순수한 존재 자체에서 범우주적인 대화를 나눈다. 온갖 라벨들을 벗어던지고 순수한 상태에서. 무한한 가능성의 상태에서.

2024년 6월
임현정

PART 1

찬란한 나의 자유 앞에서

프렐류드

아침에 자리를 내줄 생각이 없는 어두운 하늘 아래 수많은 텐트가 보인다. 프랑스 경시청 앞은 체류증을 취득하기 위해 전날부터 미리 와서 밤을 꼬박 새우며 줄을 선 사람들의 텐트로 가득하다. 나는 여기서 벌써 한 시간째 시작과 끝이 보이지 않는 줄을 서고 있다. 한숨을 푹 쉬며 주저앉아버린 나에게 앞사람은 기다렸다는 듯이 알려준다. 아무리 일찌감치 도착해도 소용없다고. 새벽에 와도 저 길고 긴 줄을 뚫고 경시청 건물 안으로 들어가는 것은 거의 불가능한 일이라고. 운 좋게 들어갔다고 한들, 마감하기 전에 창구에 서류 한 장이라도 제출할 수 없을 것이라고. 그나마 운 좋게 오늘은 사람이 그리 많은 편은 아니라 다행인 줄 알라며 혀를 내두른다.

겨울로 황급히 달려가는 가을에 휘날리는 차디찬 새벽 비. 미처 우산을 챙겨오지 못한 나의 머리 위에 매정하게 떨어지는 빗방울은 서러움과 막막함조차 마비시켜 버리고, 굳은 몸에 불이라도 지피듯 제자리 뛰기를 하던 중, 저 멀리서 쩌렁쩌렁한 목소리로 경시청 관계자로 보이는 키 큰 남성이 외쳐댄다.

"유니온 유러피언! 유니온 유럽 사람들 있나요? 건물 안으로 들어오세요."

"저희 유럽 사람이에요."

소수의 유럽인들이 서둘러 따뜻한 건물 안으로 삼삼오오 들어간다. 남겨진 우리들의 시선은 비애로 일렁거리고, 말로 표현하기 어려운 동지애가 형성된다. 추위에 윗니와 아랫니가 사정없이 따닥따닥 부딪히기만 했던 나는, 있는 용기 없는 용기 모두 끌어모아 경시청 관계자를 향해 터벅터벅 걸어가 최대한 상냥하게 물어본다.

"죄송하지만 저희도 건물 안으로 들어가게 해주시면 안 될까요? 정말 너무 춥거든요."

"안 돼요."

"왜요? 우리도 저 사람들처럼 건물 안에서 기다릴 수 없을까요? 부탁합니다."

"유럽연합 출신만 들어갈 수 있습니다."

"왜 그래야만 하는데요? 우리 모두 너무 추워서 벌벌 떠는 게 안 보이나요?

"그러게 누가 프랑스로 오라고 했나요? 우리나라는 추워요! 그렇게 추우면 다시 당신 나라로 돌아가든가."

"당신, 지금 생각이라는 것을 하고 말하는 겁니까?"

다시 끈질긴 기다림이 이어진다. 세 시간은 지나갔을 무렵, 다리가 휘청거릴 때쯤 드디어 건물 안으로 들어가게 되었지만, 나는 이미 분노로 부글부글 끓고 있었다. 다행히도 이 긴 여정에 벗이 있었는데, 내 바로 뒤에서 함께 줄을 서고 있는 금발에 파란 눈을 가진 동유럽에서 온 소녀. 그녀 역시 오늘 학교 수업을 다 빼먹고 왔다고 하며 아직도 자신의 나라가 유럽연합에 들어가지 않아서 이렇게 고생을 하고 있다고 엉성한 영어로 투덜댄다. 손짓발짓으로 대화하며 지루함을 달래던 중, 잠시 화장실에 다녀올 테니 자리를 맡아달라며 사라진다. 하필이면 그때 직원이 허름한 종이상자를 들고 오더니 줄을 선 순서대로 여권을 안에 넣으라고 한다. 친구가 화장실에서 돌아왔을 때 박스는 이미 창구 안으로 사라져 버렸고, 그녀의 파란 눈은 바다가 되어 일렁였다.

정말 큰일이다. 이러다가는 또다시 새벽부터 다섯 시간 이상 추운 바깥에 (앉아서도 아닌) 서서 줄을 서야 하고, 서류 제출이라도 할 수 있을지 없을지 모를 미스터리투성이인 이 기관에 다시 와야 한다. 아득한 마음에 친구를 달래본다.

"Don't worry, I will find a way 걱정 마. 내가 방법을 찾아볼게."

드디어 내 차례가 되었고, 우리 둘은 함께 일어나서 창구로 향했다. 나의 체류증 갱신 서류를 훑어보고 있는 직원에게 친구의 상황을 열렬히 설명했다. 나보다 먼저 온 친구이니 나보다 먼저 처리해 주기를 간곡하게 부탁했지만, 단칼에 거절할 뿐이었다.

"그건 내 사정이 아니에요. 이 사람은 다른 날에 다시 와야 해요."

"이 친구, 저랑 새벽 다섯 시부터 함께 줄 서서 기다렸어요. 제가 증언하는데, 이 친구는 그냥 화장실에 다녀온 것뿐이라고요."

"그건 당신들 사정이지, 이 사람은 내가 지나갔을 때 그 자리에 있어야 했다고요!"

부들부들 떨리는 온몸을 진정시키며 새벽 비보다 차가운 직원의 눈을 뚫어져라 쳐다보았다. 그리고 건드리면 폭발할 듯한 목소리로 한 단어 한 단어 끊어가며 던졌다.

"당신은. 심장이. 있을. 자리에. 대신. 돌덩이가. 들어. 있네요."

직원은 노발대발하며 일그러진 얼굴로 경찰을 불렀고, 내 친구는 소리내 울기 시작했다. 경찰 중 선해보이는 사람에게 나는 최선을 다하여 호소했다. 그러자 그도 공감했는지 나에게 과연 프랑스인다운 윙크를 하더니 직원한테 무언가 속삭인다. 뭐라고 했는지는 모르지만 결국 나와 친구의 서류는 접수됐고, 우리는 서로를 와락 끌어안고 기뻐하고 또 기뻐했다.

만 열여섯 살에 파리 크레테이유 경시청préfecture de créteil에서 겪었던 일이다. 중학교 1학년 1학기를 마치고 프랑스로 가족 없이 홀로 유학을 떠나 겪은 인종차별 중 한 에피소드다.

나는 만 세 살부터 피아노를 쳤다. 내가 피아노를 선택한 것이 아니라 피아노가 나를 선택했다고 말할 수 있을 정도로 일찌감치 피아노를 시작했기에, 언제 어떻게 삶에 들어왔는지 기억이 나지도 않을 정도로 내 인생에는 항상 피아노가 있었다. 따라서 피아니스트가 되는 것은 너무나도 자연스럽게 나의 당연한 운명이었다. 가족 중에 음악이나 예술에 종사하는 사람은 단한 명도 없었기에 동네 피아노 학원에 다니는 나를 전문적인 음악의 길로 인도해 줄 사람이 없었다. 보통 영재들이 받는 교육은 우리 가족에게는 다른 별에 사는 사람들의 세상이었고, 천방지축인 나는 너무나도 자유로운 어린 시절을 보냈다.

초등학교를 졸업하자마자 클래식 음악의 본고장인 프랑스에서 공부하고 싶어서 밥도 안 먹고 잠도 안 자며 유학을 보내달라고 아빠를 설득한 건 나였다. 어렸을 때부터 워낙 당돌할 정도로 명랑하고 활발했던 막둥이 딸인 나는 귀여움을 한 몸에 받기보다는 오히려 나이 많으신 부모님, 특히 엄마를 보호해야 한다는 무거운 사명감을 안고 자랐다. 너무나도 연약해 보였던 엄마를 내가 지켜야 한다고 생각했고, 혹시라도 엄마가 어떻게 될까 봐 나의 일상은 언제나 노심초사였다. 나에게 성공은 곧 엄마를 보호하고 호강시켜 줄 유일한 길이었다. 중학교 1학년 1학기 때 학교 숙제로 썼던 '30년 후의 내 모습'이라는 글에서 그 사명감이 나타난다. 어린 시절 나의 꿈은 부모님을 서른다섯 명의 보디가드와 함께 세계여행을 보내드리는 것이었으니 말이다.

얼마전 우연히 다시 보게 된 글이다. 20년이 훌쩍 지나 기억도 못하고 있었던 글을 보며 소름이 돋았다. 크게 생각하면서 썼던 글이 아닌데 거기서 언급한 네 가지를 이루었다는 사실에 매우 놀랐다.

먼저 내 인생을 적어놓은 책을 펼 것이라고 했는데 실제로 에

30년 후의 나의 나이 44. 내 나이 44는 지금의 내 모습으로선 누구도 상상할 수 없는 멋진 미래가 펼쳐질 것입니다. 세계적인 피아니스트가 되어 한국 사람이라면 임현정이라는 이름을 누구나 다 기억하는 사람이 되고, 세계 1, 2대를 다투는 피아니스트가 되어 모든 사람들은 날 존경하고 아껴줄 것입니다.

많은 음악가들의 호평을 받을 것이고 세계적으로 이름을 떨칠 것입니다. 그 덕으로 많은 아이들이 나에게 배우려고 해 난 편치 않을 것입니다. 그래서 다시 한국으로 와 활동하면서 돈을 많이 벌어 불우이웃돕기 성금을 내고 저희 오빠들을 도와줄 것입니다. 그리고 한국으로 와 음악적인 영감을 얻어 많은 작곡가들의 소나타 전곡을 녹음해 판을 낼 것입니다. 또 우리 엄마 아빠 이런 나를 자랑스럽게 생각하고 주위 사람들도 딸 하나 잘 키웠다고 할 것입니다. 39년 동안 피아노 인생을 살면서 노력한 결실이 44세에 더욱 빛을 보는 것입니다. 저의 미래는 이렇게 화려할 것이고 너무 과장된다고 생각하겠지만 난 나의 미랜 내가 개척해 나간다고 생각하기 때문에 나의 미래는 화려할 거라 믿고 지금껏 내가 노력한 만큼의 미래를 얻을 것입니다.

세이 《침묵의 소리》를 집필했다. 둘째, 많은 이들이 나에게 배우려고 해서 편치 않을 것이다. 셋째, 내가 유럽에서 보고 배운 것을 한국 음악인들과 간절하게 나누고 싶은 마음에 한국으로 다시 돌아와 활동 중일 것이다. 마지막으로 음악적인 영감을 얻어 많은 작곡가들의 소나타 전곡을 녹음할 것이라고 했는데 역시 그 꿈을 이뤄 베토벤 〈피아노 소나타〉 전곡을 녹음했다.

나를 가졌을 때 꾼 태몽이 해외에서 이름을 떨칠 것이라고 했는데, 엄마는 내가 프랑스로 가겠다고 했을 때는 '올 것이 왔구나'라는 눈빛으로 나의 뜻을 존중해 주셨다.

프랑스에 가면 만화에서만 보았던 눈도 파랗고 머리도 노란색인 신기한 외국인들을 만날 거라는 생각에 어린 나의 마음이 기대로 잔뜩 부풀어 올랐다. 겨우 만 열두 살이었던 나는 한국에 살면서 단 한 번도 이사나 전학을 가본 적이 없었다. 어느 특정한 그룹 속에서 '낯선 사람' 혹은 '이방인'이 되어 본 적이 없었던 것이다. 그래서일까. 외국사람을 만날 것이라는 생각만 했지, 정작 내가 그들의 눈에 외국인으로 비쳐질 수도 있다는 것은 상상도 하지 못했다.

프랑스의 조그마한 도시 콩피에뉴compiègne에 사는 한국 가정

음악적 자유를 꿈꿨던 나는 만 열두 살에
프랑스에서 이방인이 되었다.

<자유 1>, 2000

에서 홈스테이를 했는데, 그곳은 외국인이 극히 드물었다. 동양 사람은 말할 것도 없고 흑인조차 찾아보기 어려웠고, 어린 한국인 여자아이를 그야말로 희귀한 생명체를 발견한 듯 쳐다보기에 바쁜 사람들로 가득했다. 그 소녀도 똑같은 한 인간으로서 희한한 시선 때문에 정말 무안해할 거라는 생각은 전혀 못 하는 것 같았다. 당시 프랑스는 살인적인 태풍이 몰아친 가을이었고, 내 마음도 벼랑 끝에서 발버둥치고 있었다. 하루아침에 타국에서 친구도 없고 가족도 없는, "봉주르"도 제대로 발음하지 못하는 이방인이 되어버린 것이다.

프랑스 기느메르중학교에 입학한 첫날, 피부색이 다르다고 신기하다며 나의 살을 꼬집는 같은 반 학생들을 보면서 그야말로 어이없는 '황당함'에 휩싸였다. 자신들의 눈을 쫙 찢고 "칭총, 칭총" 외치며 중국인이라고 놀려대는 것을 보며 느낀 것은 화가 아니라 당혹스러움이었다. 내가 만약 한국에서 외국 학생이 우리 학교에 전학을 왔어도 그랬을까? 돌이켜 보면 어렸을 때 내 고향 안양에서 백인과 마주친 적이 있었다. 친구들과 함께 있었는데 당시 우리는 백인을 무조건 '미국 사람'이라고 칭하긴 했지만, 동물을 보듯이 희한하게 쳐다보는 것이 아니라 반갑고도 신기한 마음으로 "헬로! 헬로!"를 외쳤던 기억이 난다. 동양인을 향한 백인의 차별을 '백인우월주의'라고 한다면 동남아시아인을 상대로 우월감을 느끼는 일부 우리나라 사람들의 행위는 어떻게 정의해야 할까?

평소와 다름없는 어느 날이었다. 음악 시간에 선생님께서 나를 부르시며 말씀하셨다. "림Lim, 앞으로 나와 피아노 연주를 해 보렴." 당황한 나는 두근거리는 심장을 진정시켰지만, 만감이 교차한 마음은 나의 다리를 마비시켰다. 칠판 앞에 있는 피아노는 교수대처럼 보였고 거기까지 걸어나가는 데 몇십 년이 걸리는 것 같았다. 그리고 피아노 앞에 앉는 순간, 나는 선택의 여지 없이 날 적대시하는 아이들의 공격에 피아노로 대항할 수밖에 없었다. 쇼팽의 〈흑건〉을 연주했다. 이 작품은 오른손으로 검은 건반만 연주해서 '흑건'이라는 별명이 붙었다.

이 곡을 시작한 순간, 모든 것은 다 사라지고 나와 흑건만이 존재했다. 어느새 나는 열두 살의 말괄량이로 돌아갔고 이방인이 된 사실도 잊어버린 채 그저 피아노 건반과 재밌게 노는 천진난만한 소녀가 되어 있었다. 연주가 끝나자 묘한 침묵이 교실을 덮었다. 영원과 같았던 침묵의 순간이 흐르는 동안 모두와 친해지고 싶은 간절한 소망이 실패로 끝나는 건 아닐까 싶었다. 하지만 한 명씩, 조금씩 박수를 치기 시작하더니, 결국 다 같이 환호하며 찬사를 보냈다.

쉬는 시간이 되자 반 아이들은 처음으로 나에게 다가와 진심으로 다정하게 말을 걸었고 친구가 되고 싶어 했다. 지금까지 내가 그토록 하고 싶었던 말을, 하지만 말로는 표현할 수 없었던 말을 음악이 대신해 준 것이다. "나도 너희들과 똑같이 엄마 배에서 나온 한 아이일 뿐이야. 너희들처럼 생각하는 머리와 느끼는 심장이 있어. 서로 다른 개성과 모습이지만 우리는 모두 동등한 인간이야."

피아노는 두려움을 극복시키면서 내 마음 그대로를 전달해 주었다. 단 몇 분의 음악은 9000킬로미터의 거리로 떨어져 있는 언어와 국경을 순식간에 사라지게 했고, 이렇게 음악은 나와 바깥세상을 연결해 주는 가장 멋있는 다리이자 고유한 언어가 되었다. 내 영혼은 피아노를 통해 세상과 대화하게 되었고, 비로소 나는 진정으로 음악을 만났다. 내게 피아니스트는 그저 막연한 꿈이 아닌 뚜렷한 사명으로, 직업이 아닌 존재 이유로 다가왔다. 음악이 '유니버설한 언어'라는 표현은 언어의 개념을 뛰어넘어 '생존 키트'로 다가왔고, 부당한 인종차별을 직접 당하면서 본질적으로 우리는 모두 얼마나 동등한 인간이라는 사실을 피부로 느꼈다. 좁은 우물 안 개구리가 갑자기 끝도 없이 넓은 대서양을 보며 정신이 활짝 열린 것이다. 진짜 여행은 한국과 프랑스를 가로지르는 9000킬로미터가 아니라 머리에서 가슴까지 33센티미터의 여행이었다.

비록 프랑스 언어는 구사할 수 없지만 전 세계인이 다 알고 누구나 이해할 수 있는 언어를 구사할 수 있는 사람은 바로 음악인이다. 음악이라는 언어는 국경, 전통, 문화, 종교, 인종을 초월해 가슴에서 가슴으로, 영혼에서 영혼으로 바로 통하는 언어다. 한글을 쓰고 읽기도 전에 먼저 배운 나의 모국어 '음악'. 종이 위에서 춤추는 음표들은 아빠 말대로 '콩나물 대가리' 같고, 피아노의 음성은 엄마의 품같이 따뜻하다.

음악은 모든 것을 안아주며 포용하는 바다 같다. 그런 언어를 다루는 음악인인 만큼 그것이 우리에게 선사하는 영적, 정신적, 심적인 자유로움은 그 어떤 것과도 양보할 수 없다. 또한 음악은 끊임없이 내 존재의 실체를 알게 해준다. 나 임현정은 피아니스트이기 이전에 피아노를 도구로 음악을 하는 음악인이고 더 나아가 음악을 수단으로 예술을 하는 예술인이다. 그리고 예술인이기 전에 한 인간이다. 여느 사람처럼 목마를 땐 마셔야 하고 배고플 땐 먹어야 하며 졸릴 때는 잠을 자야 하는 생명체다. 가장 기초적인 차원에서 우리는 모두 상호의존하고 연결된 공동체다. 그래서 부모님이 나에게 어렸을 때 수도 없이 이런 말씀을 하셨다. "피아노만 잘 치면 뭐 하니? 먼저 사람이 돼야 지. 인간이 되어서 인간 도리를 먼저 하고 피아노를 해라." 그 말 은 과연 지금까지도, 평생 공부해야 할 나의 숙제로 남아 있다.

✦ ✦ ✦

체류증 관련 업무를 맡은 직원들의 삶을 상상해 보면 그들의 마음도 헤아려진다. 말도 안 통하는 수많은 외국인의 요청을 들 어주는 것이 얼마나 힘들 것인가. 하지만 그들은 상대적으로 강 자의 위치에 있지 않은가.

체류증을 제출하고 비자를 신청해야 하며 여권을 만들어야 하는 것. 옳고도 당연한 말이다. 하지만 지렁이 한 마리나 하늘 의 새들조차 제약 없이 자유롭게 국경을 지나다니는데, 만물을 통달한다는 인간으로서 지구에서 존재하기 위해 이토록 힘들 게 자신을 증명해야 하고 검토받고 검사까지 받아야 한다는 사 실은 사실 원론적으로 납득이 가지 않으며, 고귀한 나의 기본권 이 침해당했다는 생각을 안 할 수 없다. 이 점은 〈세계인권선언〉 에도 명백히 나와 있다.

제1조

모든 인간은 태어날 때부터 자유로우며 그 존엄과 권리에 있어 동등하다. 인간은 천부적으로 이성과 양심을 부여받았으며 서로 형제애의 정신으로 행동하여야 한다.

제2조

모든 사람은 인종, 피부색, 성, 언어, 종교, 정치적 또는 기타의 견해, 민족적 또는 사회적 출신, 재산, 출생 또는 기타의 신분과 같은 어떠한 종류의 차별이 없이, 이 선언에 규정된 모든 권리와 자유를 향유할 자격이 있다.

제3조

모든 사람은 생명과 신체의 자유와 안전에 대한 권리를 가진다.

제13조

2. 모든 사람은 자국을 포함하여 어떠한 나라를 떠날 권리와 또한 자국으로 돌아올 권리를 가진다.

당연한 기본 권리를 누리기 위해 이토록 많은 과정과 역경을 겪어야 한다는 현실이 꿈으로 가득 찬 어린 나의 마음을 억울함과 서러움으로 매질했다.

만약 이 지구상에 사는 모든 지구인이 같은 국적에, 같은 언어를 사용한다면 어떤 느낌일까? 아니, 그냥 지구인이라는 자체만으로 형제애가 형성된다면 어떨까? 나는 이렇게 상상하곤 한다. 모든 지구인의 언어를 다 이해하고 서로 다를 것 없는 인간이라고 강렬하게 느낄 때 우리는 모두 형제자매라는 말을 실감할 수 있을까? 생각해 보면 우리는 가장 기본적인 욕구부터 모두 똑같다.

배고플 때 먹을 수 있어야 하고, 추울 때 따듯하게 해야 하며, 목마를 때 마셔야 하고, 안전하게 잠을 잘 장소가 필요하고, 사랑을 주고받고 싶어 한다.

이런 것들을 해결하기 위해 우리의 인생을 펼친다. 심지어 이 다섯 가지는 동물들마저도 하나도 다를 것 없이 똑같다. 이렇듯 살아가기 위한 조건이 동일한 우리끼리 서로서로 이해하고 배려하는 게 과연 어려운 일일까?

언어, 국경, 인종, 종교 등을 초월해 마음에서 마음으로 소통하는 '유니버설 언어', 음악. 그것을 구사하는, 어린 나이에 지구 반대편에서 홀로 인종차별을 당하며 부당함을 겪었던 나는 인간의 기본권에 관해 생각하지 않을 수 없다. 더 나아가 기본권을 좌지우지하는 강자보다는 기본권을 누리기 위해 발버둥치는 약자의 시선에서 세상을 바라볼 수밖에 없다.

'우리는 모두 동등하다'는 의미를 가슴으로 뼈저리게 느꼈을 때 나는 진정으로 음악을 마주했다. 부당한 차별을 몸소 겪으면서, 역으로 나는 우리가 같은 심장을 가진 동등한 인간임을 진심으로 깨달았다. 동시에 그런 희로애락을 느끼는 심장으로 곡을 쓴 베토벤이나 바흐 같은 작곡가의 음악이 더 이상 나와 동떨어진 음악으로 느껴지지 않고 나의 마음을 대변하는 고백과 같이 내 영혼을 파고들었다.

몰두하고
내려놓다

현대사회에서 세계적인 커리어를 가진 아티스트의 공통점은 어떤 콩쿠르에서 우승하거나 유명한 지휘자와 협연해서 데뷔한 케이스가 대부분이다. 하지만 그 관문까지 가기 위해서는 이끌어 주는 멘토가 있어야 하고 활발한 사교활동과 인맥으로 기회가 주어지기 마련이다.

나는 음악가 집안에서 태어난 것도 아니고, 콩쿠르 심사위원 자리에 단골손님으로 초대받는 교수님의 제자도 아니었기에, 음악가로 활동하기 위해서 어떻게 어떤 길로 가야 하는지 구체적으로 알려주는 사람이 단 한 명도 없었다. 그야말로 정글에 던져진 새끼 호랑이처럼 혼자서 치열하게 고민하고 결정해야 했기에, 열세 살 쯤부터 콘서바토리의 도서관 입구에 진열되어 있는 국제콩쿠르 리플릿을 항상 관심 있게 보았고, 그중 나이 제한에 걸리지 않는 콩쿠르를 모두 확인하고 선정했다.

혼자 프로그램을 정하고 연습해서 스위스, 프랑스, 이탈리아까지 여행하며 콩쿠르에 참가했다.

참가자 중 항상 내가 최연소였고, 유일하게 보호자나 선생님 없이 홀로 다니는 후보였다. 우승까지는 아니더라도 경험을 쌓기 위해 나름 '마음을 비우고 참가한다'라는 철학을 갖고 임했다. 나의 우승을 위해 레슨해 주는 이도, 가이드를 해주는 이도 없었기에 애초부터 마음을 비우고 시작한 여정이었다.

어린 나이에 타국에 살던 내가 또 다른 나라에 가기 위해 공항에 가서 비행기를 타고 열차를 타는 것은 정말 큰 모험이었으며, 택시에 올라 이탈리아어 책을 찾아보며 기사님께 도착지를 얘기하고, 길에서 사람들에게 묻고 물어 돌아다니는 등 정말 낯설고도 용감한 경험이었다(그때까지만 해도 스마트폰으로 지도를 찾을 수 없는 때였다).

참가자에게 숙박을 제공하는 호스트 패밀리 집에 도착해 새로운 공간에서 적응하고, 그들의 문화와 콩쿠르에 관련된 에피소드를 듣는 것만으로도 당시 어렸던 나의 멘탈에 큰 영향을 끼치곤 했다.

콩쿠르 장소에 도착해 두려움 반, 설렘 반으로 서성일 때, 심사위원이나 콩쿠르 기획 관련자들과 친분이 있는 듯 다정한 인사를 나누는 다른 참가자를 볼 때면, 그 장면 자체로 이미 좌절감에 빠져들곤 했다.

열다섯 살에 참가했던 파리에서 열린 어느 콩쿠르에서는 연주하던 도중 악보가 생각나지 않아 한 부분을 계속 반복하다가 갑자기 중단하고 손으로 얼굴을 가리며 어쩔 줄 몰라 하는 참가자가 있었다. 내가 다 쥐구멍으로 숨고 싶을 정도였는데 갑자기 심사위원장이 악보를 가져다 주며 연주하라는 것이 아닌가. 이것만으로도 이미 불공정한 상황인데, 어이없게도 결국 그 참가자가 대상을 거머쥐었다. 순간 나의 심정은 좌절감이 아니라 당혹스러움이었다. 나의 얼굴이 다 화끈거릴 정도로 그들이 부끄럽고 수치스러웠다.

그렇게 이른 나이부터 여러 콩쿠르에 참여하면서 이 비즈니스가 얼마나 비 예술적이고 비 음악적인지 느꼈다. 더군다나 콩쿠르는 전설적인 작곡가의 이름을 걸고 진행하는데, 정작 그 작곡가 당사자들은 수많은 음악도를 모아놓고 대결시키는 행태를 과연 지지할까 하는 의문이 생겼다. 너무나도 많은 불행을 초래하는 콩쿠르라는 비즈니스를 그분들이 정말 격려하고 응원할까? 실제로 극도의 스트레스와 압박감을 초래하는 경쟁 시스템, 그리고 부패한 정치로 운영되는 수많은 콩쿠르는 음악을 꿈꾸며 나아가는 어린 전공생의 꿈을 꽃피울 시간도 주지 않은 채 너무나도 잔인하게 짓밟는다.

물론 일등을 한 사람은 단숨에 스타덤에 오르고, '영웅'이 되어 기분이 좋겠지만, 그를 제외한 수많은 참가자는 좌절하고 포기한다. 한 음악인의 커리어를 좌지우지할 수 있는 음반사와 기획사는 이미 유명해진 음악인이나 콩쿠르가 영웅화한 음악인만 기다리고 그들에게 돌진한다.

이렇게 '영웅'을 만드는 시스템이 사회에 자리 잡으니 네임 밸류가 있는 사람들에게만 활발히 활동할 기회가 주어지고, 아직 겉으로 드러난 성과가 없는 사람들은 아무리 대단한 엘리트 코스를 밟으며 유학했어도 설 자리가 없어지게 되고, 급기야 연주의 꿈을 포기해야 하는 상황이 펼쳐진다. 우리나라만 봐도 비일비재하다.

경쟁이 시스템화되어 콩쿠르만이 출세의 유일한 길로 젊은이들의 미래를 지배한다면 과연 예술과 경쟁이 평화롭게 공존할 수 있을까. 콩쿠르가 영웅화한 젊은이와 그렇지 않은 젊은이 사이에 큰 격차가 벌어지고 있는 지금, 음악인들의 설 자리는 급격하게, 그리고 심각하게 줄어들고 있다.

현재 한국의 음악대학 졸업생 중 약 70퍼센트가 음악 자체를 포기한다고 한다. 심지어 명문대 교수님들조차 갓 입학한 학생에게 음악만 하지 말고 다른 일도 병행해야 한다는 조언을 하는 상황까지 벌어지고 있다.

클래식 업계에 종사하는 이들도 이 상황을 심각한 사태로 받아들이고 있다. 그렇지 않아도 클래식 음악에 관심을 갖는 사람은 극소수인데, 출생 인구까지 줄어들면서 피아노 학원들이 급격하게 줄어들고 있기 때문이다. 그나마 열심히 음악을 전공하는 학생들까지도 불투명한 미래에 좌절해 대다수가 음악을 포기해 버리는 상황이라, 앞으로 클래식 인구는 더욱 줄어들 것으로 예상한다. 한국 클래식 음악의 미래가 정말 위태로운 위기에 처해 있는 것이다.

작곡가들에게 가장 영예로운 상이었던 로마상을 거머쥐고도, 그 기관의 부당한 제도를 향해 여러 차례 비판의 목소리를 냈던 드뷔시는 이런 말을 남겼다.

"오만한 아름다움으로 로마를 지배하고 있는 이 빌라 메디치Villa Medici, 로마상이 열리는 장소는 순수한 기쁨을 신뢰와 함께 안고 올 수 있는 장소, 그런 모든 예술의 활기찬 지성의 중심지가 되어 있어야 합니다. 하지만 불행하게도 많은 사람에게 이곳은 단지 '자신의 성공'을 위해 오는 장소일 뿐입니다. (…) 그곳에서 '연구'라는 것은 그저 의무적으로 어서 '보내버려야 할 것'으로만 여겨지고 있고, 정말 연구를 제대로 하는 것인지 의구심이 생기는 결과만 나오고 있습니다.

적어도 한 시대의 아름다움을 검증하는 예술적 운명을 완수하기 위해서는 로마상이 쓸모없다는 점을 그 어떤 비판보다 더 잘 증명하는 우울한 결론입니다.

로마상을 받은 젊은이들, 당신이 어떤 용감한 사람을 만나서, 예술이란 정부에서 보존하는 기념물에만 한정되어 있지 않다는 것을 배워야 하고, 그 어떠한 불행을 겪더라도 모든 관점에서부터 예술을 사랑해야 하며, 절대로 예술을 통해 그 어떠한 '지위'에도 오르려고 하지 말라는 가르침을 받기를 바랍니다."

음악인은 인류의 양식이자 지구의 빛이다. 음악인은 의사가 치료해 줄 수 없는 부분을 치료하고 어루만진다. 예술은 영혼의 무한한 표현력으로 빚어지고, 우리로 하여금 무한한 아름다움을 기억하고 되새기고 창조하게 한다. 예술은 각 시대를 살아가는 인류가 만든 가장 위대한 아름다움을 보여준다. 우리는 예술로 각 시대의 '시그니처'를 마주할 수 있는 것이다.

우리 사회는 음악의 중요성을 인지하고, 음악인이 살기에 좀더 쾌적한 환경을 만들어야만 한다. 음악인의 미래 앞에 막다른 골목마냥 독재적으로 서 있는 콩쿠르라는 시스템은 자리를 양보해야 하고, 음악인에게 훨씬 더 민주적이고도 공평하게 자신을 드러낼 수 있는 다양한 길이 열려야 한다.

물론 모든 콩쿠르가 그렇다는 것은 아니다. 콩쿠르의 길을 걸으면서 자신을 다지고 발전시킬 가능성도 충분히 존재한다. 하지만 현재 콩쿠르라는 시스템이 음악가들을 지나치게 지배하고 있다. 콩쿠르가 아니면 음악인으로서 활동할 수 없다는 인식이 깊게 뿌리내렸다. 음악인이 자신의 존재를 드러내고 빛낼 수 있는 길이 보다 더 다양해져야 한다.

일찌감치 콩쿠르의 세계를 속속들이 경험해 보니 이 게임이 나에게 진지하게 다가오지도 않을뿐더러, 그 의미까지 상실하게 되었다. 이 길은 결코 나의 길이 될 수 없음을 확인한 후, 열아홉 살에 참가했던 플레임FLAME 국제 피아노 콩쿠르를 마지막으로, 이제부턴 "굶어 죽는 한이 있어도 콩쿠르는 절대 나가지 않겠다"고 다짐했다. 대신 진정 음악인으로서 해야 할 일을 본격적으로 시작하기로 결심했다. 그리고 내가 열여섯 살에 다짐했던 마음을 다시 되새겼다. 프랑스 파리 교민지《한위클리》에했던 말이다.

"항상 기회는 있다고 생각을 하기 때문에 잘 안되어도 슬프지 않고, 잘되어도 그렇게 기뻐하지는 않아요. 제가 세워놓은 목표가 너무나도 높기에 상을 받아도 그것만으로 만족할 수 없고, 오히려 더 잘해야 한다는 생각이 많이 들었어요. 지금이 제 목표 달성의 첫 시작이라고 생각해요. 아직 가야 할 길이 많거든요. 미래에 꼭 완벽한 음악가가 되고 싶고, 피아노만 잘하는 것이 아니라 음악적으로도 여러 분야에서 도사가 되고 싶어요."

부끄럽지만 정말 어렸을 때만 나올 수 있는 천진난만한 말이기에 열여섯 살의 내 말을 빌려 '음악적으로 여러 분야에서 도사'가 되기 위한 작업을 본격적으로 시작한 것이다. 성공을 위해 콩쿠르에 내 소중한 시간을 투자하느니, 다시 말하지만 굶어 죽는 한이 있어도 오로지 음악 자체에만 몰두하고, 음악인으로서의 의무를 다하겠다는 결심이다.

국제콩쿠르의 심사위원 직을 내려놓으면서
공식적으로 발표했던 사임서

한 국제 피아노 콩쿠르의 심사위원 직무를 맡은 후, 콩쿠르가 얼마나 비예술적일 수 있는지 보았습니다. 그리고 사흘 만에 사임 결정을 내리게 되었습니다.

자신의 음악적 이상을 마음껏 표현하는 용기가 두려움으로 교체되는 것을 보았고, 음악의 본질을 표현하기보다는 하나의 음도 놓치지 않겠다는 생각이 우선순위가 되는 것을 보았습니다. 예술, 사랑보다는 그저 두려움이 먼저 모든 것을 지배하는 것을 본 것이지요.

피아니스트 여러분! 쇼팽이 우리에게 남겨준 자산을 잊지 맙시다. 그는 피아니스트에게 이렇게 말하곤 했습니다.
"저는 당신에게 그런 권한을 드립니다. 당신이 창조한 이상을 당신 마음 안에서 느껴보십시오. 그리고 자유롭게 따라가십시오. 아주 대담해지세요. 당신 자신의 능력과 힘을 자신 있게 믿으십시오. 그러면 당신이 표현하고자 하는 것은 언제든지 좋을 것입니다."

코르토가 학생들을 가르칠 때 한 말도 잊지 맙시다.

"작곡가가 절망감으로 절규하고, 사랑이 주는 불같은 고통을 호소할 때 우리는 상투적인 틀에 따라서 이를 밋밋하게 전달하는 등 이러한 표현밖에 못하고 있다. 그렇게 되면 불타오르는 음악의 언어가 기숙사 여학생들을 위해서 쓰인 나른한 시어詩語밖에 안 되는 것으로 변질된다…. 그러므로 우리는 단순히 즐거움으로 다른 사람들에게 잘 보이려고만 하는 그런 예술에 전쟁을 선포해야 한다. 그 예술은 영혼이라고는 없는 완벽한 레이스에 불과하다. 당신의 손가락에 당신의 생각을 옮기는 임무를 부여하라.

그러면 당신은 그저 실행하는 자에서 해석자로 바뀔 테니까."

○○ 국제 피아노 콩쿠르 귀하

저는 깊은 슬픔과 함께 ○○ 국제 피아노 콩쿠르의 심사위원 직에서 내려오고자 사직서를 냅니다.

먼저 이 콩쿠르에 저를 심사위원으로 초대해 주신 것에 진심으로 감사드립니다.

훌륭한 수준을 갖춘 경연자들이 많이 참여한 것과 미래가 창창한 피아니스트를 환대해 맞이한 스태프 분들에게 경의를 표합니다. 저는 새로운 음악인들이 발휘할 예술을 마음껏 만끽할 기쁨에 부풀어 심사위원으로서 참가했습니다.

국제 피아노 콩쿠르의 심사위원으로서 여섯 명의 결선 진출자를 뽑을 때까지 심사했습니다. 그러나 불행하게도 저는 세 가지의 불합리한 모습을 보게 되었습니다.

첫째, 한 경연자가 모차르트 〈피아노 소나타〉를 연주했습니다. 하지만 연주 시작 후 악보를 기억하지 못해 한자리에서 계속 방황하더니 여러 번 다시 반복하였지요. 그런 후 결국 몇 페이지의 악보를 아예 연주도 하지 않고 건너뛰고 결국 끝부분을 연주했습니다.

이런 상황은 누구에게나 일어날 수 있는 일이겠지요. 그러나 열 개 국가의 세계적인 수준의 피아니스트를 참가하게 한 국제 콩쿠르에서 이런 실수를 그냥 넘기는 것은 당연히 불가능한 일입니다. 물론 일반적으로 어떤 콘서바토리의 학기말 시험이나, 심지어 국내 콩쿠르에서도 넘어갈 수 없는 일일 것입니다. 지금 저는 간혹 논의되는 예술적 해석에 관한 이야기를 하는 것이 아닙니다. 그저 최소한 수준의 요구, 즉 적어도 악보에 쓰여 있는 전부는 연주해야 하는 것을 말하는 것이지요.

그러나 저는 이 연주자가 결선 진출자로 뽑혔다는 결과를 듣는 순간 깜짝 놀랐습니다.

이 깜짝 놀랄 사실을 넘어 더 큰 충격은 지구 곳곳, 먼 곳에서부터 날아와 확실히 좋은 연주를 보여주었던 여러 피아니스트가, 이런 사실도 모른 채 눈물을 흘리며 크게 상심하고 자신감을 잃는 모습을 보며 저의 슬픔은 더 깊어만 갔습니다.

이 연주자들은 탈락시키고, 국제 콩쿠르에서 최소한 요구되는 수준, 즉 적어도 악보에 쓰인 전부를 연주하는 최소한의 수준을 충족시키지 못하며 여러 번 실수를 한 경연자를 결선에 진출시킨 이 광경을 저의 개인적 도덕심으로는 절대로 도저히 받아들일 수 없습니다.

둘째, 제가 더더욱 경악한 점은 이 경연자가 바로 이 콩쿠르 심사위원장의 제자라는 사실이었습니다. 비록 이 심사위원장은 투표할 권리가 없었지만, 저의 직업 윤리상, 애시당초 그런 출전자의 서류를 허락하는 것을 용납할 수 없습니다. 그리고 혹시라도 그런 후보자가 특혜를 받을 수 있는 위험성이 있는 것조차 저는 받아들일 수 없습니다.

셋째, 직업 윤리상 국제 콩쿠르에서 심사위원들 사이에 존재하는 친밀감을 용납할 수 없습니다. 특히 심사위원장과의 친밀함에서 그들이 받을 수 있는 보이지 않는 압력의 위험을 받아들일 수 없습니다.

이 세 가지 부당한 이유로 인해 깊은 슬픔과 함께 사직서를 낼 수밖에 없습니다.

임현정 올림

콩쿠르 레퍼토리는 한 작곡가를 깊게 파고드는 것이 아니다. 이 작곡가의 소나타, 저 작곡가의 에튀드, 바흐 〈평균율〉의 프렐류드와 푸가, 낭만주의 곡, 인상주의 곡 등 틀에 짜인 그야말로 한정되어 있는 프로그램을 요구한다.

음악이 부귀영화의 도구가 아닌 이상, 음악가의 의무는 자신의 음악을 최상의 경지로 끊임없이 끌어올리는 것이 아닌가. 그리고 클래식 음악의 기둥 역할을 하는 레퍼토리를 습득하는 것이 아닐까. 그래서 철저하게 음악 자체만을 위해 몰두하고, 이 세상이 원하는 성공은 완전히 내려둔 채, 그 영역은 나를 항상 따라다니는 '행운의 별'에 믿고 맡겼다.

우선 피아노라는 악기의 예술의 극치를 보여줄 수 있는 쇼팽 〈에튀드〉 전곡과 라흐마니노프 〈에튀드〉 전곡을 한 독주회에서 모두 연주하는 전무후무한 프로그램을 무대에 올렸다. 어려운 프로그램을 당당하게 연주해 오로지 실력으로만 승부하겠다고 생각했고, 이것이 내가 지금껏 겪었던 부정투성이인 세계에 던져버리는 당돌한 도전장이었다.

또한 클래식 음악의 기둥이라고 할 수 있는 작품을 전곡으로 온전히 흡수하기로 결심했다. 음악 자체에 몰두해서, 자신의 음악 세상을 넓히는 것이 바로 음악도의 길이고 마땅히 해야 할 숙제라고 생각했다. 클래식 음악의 신약성서와 구약성서로 여겨지는 베토벤 〈소나타〉 전곡과 바흐의 〈평균율〉 전곡을 통틀어 연구했고, 더 나아가 그 작곡가를 한 인간으로 바라보고 이해하면서 인간 자체의 무한한 영역에 빠져들었다. 피아노를 통해 음악을 하고, 그 음악을 통해 한 인간의 고뇌와 번뇌를 보며 고난을 극복하는 과정을 음악으로 느끼고 표현하면서 예술을 하는 것이다.

그러던 어느 날, 아직 유튜브가 활성화되지 않았던 2009년도에 부모님께 보여드리기 위해 업로드했던 림스키코르사코프의 〈왕벌의 비행〉 연주 영상이 갑자기 사람들의 관심을 끌면서 크고 작은 기획사와 음반사의 제안을 받기 시작했다.

나는 아마도 유튜브를 통해 세상에 알려진 거의 최초의 음악가 중 한 명일 것이다. 그러면서 처음으로 한국 언론사 《오마이뉴스》와 진행한 인터뷰 기사가 네이버 메인 화면에 노출되면서 내게 관심을 보이는 사람이 늘어나기 시작했다.

그다음 스텝으로는 베토벤 〈피아노 소나타〉를 통해 음악적 견문을 넓히고 싶었다. 나의 마음 하나로 시작한 대장정의 프로젝트. 처음에는 그 누구의 관심도, 초대도 한번 받지 못했지만,

"피카소와 마그리트, 아니면 반 고흐와 고갱 중에 누가 더 뛰어난지 비교할 수 있을까요? 누구에게 1등, 2등을 주어야 할까요? 로마상을 다섯 번이나 거절당한 라벨이 실력 없는 작곡가라서 떨어졌을까요? 작곡가 벨라 바르톡은 '음악가가 경쟁을 하는 콩쿠르에서 할 일은 아무것도 없다. 경쟁은 경마에서나 필요하다'라고 말했습니다. 저는 예술과 경쟁은 공존할 수 없다고 생각합니다. 나이가 어렸을 때는 먹고 살아야 한다는 생각에 콩쿠르도 나가봤습니다. 하지만 2007년에 받은 플레임 국제 피아노 콩쿠르 대상을 마지막으로, 저는 경쟁을 앞세워 음악도들을 모으는 '비즈니스'에는 기여를 안 하기로 했습니다."

대신 그는 남들이 하지 않는 도발적인 도전으로 승부를 걸었다. 그것은 다름 아닌 쇼팽〈에튀드〉와 라흐마니노프〈에튀드〉 전곡을 한 번에 연주하는 독주회다. 서양 고전 음악에 관심이 있는 사람이라면 이것이 얼마나 '미친' 생각인지 잘 알 것이다. 극악무도한 난이도로 악명 높은 쇼팽과 라흐마니노프의〈에튀드〉전곡을 하루에 연주한다니!

적절할지는 모르겠지만, 스포츠로 비유하자면 마라톤을 하루에 두 코스 뛰는 일이라고 표현할 수 있을까? 그녀는 이탈리아의 유명한 음악 축제인 '음악의 밤Serate Musicali' 주최 측에 이러한 기획을 제출했다. 당연히 이 제안을 한 사람이 미쳤거나, 아니면 진짜 '천재'이거나 둘 중 하나라고 생각할 수밖에. 그리고 그녀의 연주 동영상을 본 주최 측은 흔쾌히 그녀를 초청했다.

끊임없이 연주하며 탐구한 끝에 스스로 전곡을 완주했다. 그리고 무료로 연주하는 대신에 공연장을 빌려주는 파리의 어느 교회에서 8일 동안 매일 강연과 공연을 진행하며 열 시간 가까이 되는 베토벤 〈피아노 소나타〉 전곡을 2010년도에 전체 암보로 완주했다. 준비하는 과정에서 100여 개의 악장을 분석했고 강연 자료를 활용해 베토벤의 삶과 음악의 영성적인 해석이 담긴 책도 집필했다.

그 후 포르투갈 리스본에서 열린 피아노 페스티벌에서 어떤 피아니스트가 무대를 갑자기 취소하면서 내가 대체 연주자로 선정되었다. 라벨과 스크랴빈으로 구성된 프로그램을 2주 만에 완성시켜 무대에 올려야 했는데, 당시 포르투갈로 가족과 휴가를 온 EMI 음반사의 부사장이 그 공연을 보았다. 그는 공연이 끝나자마자 방금 연주했던 프로그램과 동일한 곡으로 인터내셔널 데뷔 앨범을 발매하자고 제안했지만, 나는 받아들일 수 없다고 거절했다. 베토벤에게 너무나도 깊이 빠져 있던 나는, 도무지 단 2주 동안 연습한 곡으로 내 이름 석 자를 알리고 싶지 않았다. 그래서 역으로 제안했다. 베토벤 〈피아노 소나타〉 전곡으로 데뷔 앨범을 내고 싶다고. 이미 전곡을 완주하고 분석하고 책까지 쓴 나는 EMI 측에 보여줄 자료가 많았다. 그렇게 첫 앨범을 세상에 내놓을 수 있었다.

음악 견문과 예술, 영혼의 탐구.
그것이 30년 넘게 내 인생을 관통했다.

〈피아노〉, 2000

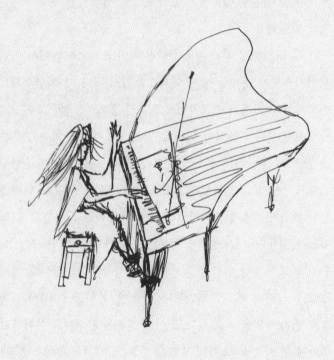

이렇게 내 개인적인 음악 여정을 낱낱이 펼쳐보이는 이유는, 정작 콩쿠르가 장악하고 있는 한국 클래식 음악 세계에서 나는 콩쿠르 없이 전 세계적인 커리어를 갖고 있는 유일한 한국 음악인이기 때문이다. 그것이 진정 가능하다는 것을 전달하고 싶다. 콩쿠르 없이, 경쟁의 밀림 속에서 싸울 필요도 없이 나만의 유일무이한 커리어를 개척할 수 있다는 것을 몸소 보여주고 전달하는 것이다.

세상을 떠들썩하게 한 성공에 관심을 끈 후에 음악만을 바라보고 나만의 음악 세계를 당당하게 펼쳐나갔더니, 음악 외적인 성공은 뒤따라오더라는 것이다. 성공은 추구하는 것이 아니다. 과정에 집중하며 당당하게 나아갈 때 부귀영화 같은 외부적인 요소는 결과적으로 따라오게 된다.

자신이 가고자 하는 길을 계속 걸어가야 하는지 나에게 조언을 구하는 젊은이들이 항상 있다. 평생을 그 길에 자신을 바쳤지만 불투명한 미래가 걱정돼 계속 해야 하는지 고민하는 이들, 반면에 전공은 안 했지만 그 길을 걷지 않으면 죽을 정도로 사랑하는데 너무 늦은 것이 아닌지를 고민하는 이들이 나에게 조언을 많이 구한다. 그렇지 않아도 부정부패가 가득한 세계 속에서 미래에 대한 걱정을 하지 않으려야 않을 수 없다. 물론이다.

하지만 음악인에게 미래라는 것은, 걱정하느라 음악에 집중을 못할수록 어두워진다. 반대로 자신의 분야에 더 몰두하면 몰두할수록 미래는 더더욱 밝아진다. 걱정 때문에 자신의 길에 집중 못하는 일이 없으면 좋겠다. 그리고 절대 용기를 잃지 않길 바란다.

자신의 길이 먼저고 미래에 대한 걱정은 그다음에 할 일이다. 나의 실력과 견문이 넓어지면 자신을 더 잘 알아갈 것이고, 내면의 확장을 통해 번뜩이는 아이디어와 상상력 또한 그와 함께 더 잘 펼쳐질 것이다. 그러면서 자연스럽게 길이 개척되는 것이다.

나는 세 가지를 묻고 싶다. 그 길을 걷는 것이 당신이 살기 위해 정말 필요한 것인가. 그 길을 걷지 않는 인생이 무의미하게 느껴지는가. 존재하기 위해 정말 필수인가.

만약 그렇지 않다면, 아마 머릿속이 오만 가지 계산과 복잡한 예시로 꿈틀거릴 것이다. 각자의 판단과 계산이 다르기에 그 부분은 내가 관여할 수 없는 문제다.

하지만 정말 인생에 필수라면 당신이 잘하는지 못하는지는 더 이상 중요하지 않다. 그러한 판단은 무의미하다. 왜냐하면 자신이 가고자 하는 길은 자기에게 필수이기에 무조건 존재해야만 하며 꼭 해야만 하는 것이기 때문이다. 더 이상 질문할 이유조차 사라지는 것이다.

세상이 나에게 등을 돌린다고 할지라도 적어도 나의 인생에서만큼은 그 길을 걷는 것이 꼭 필요한 것이기에, 내가 그것을 잘하든 못하든, 재능이 있든 없든, 누가 뭐라고 하든 말든, 계속해나갈 수밖에 없다.

실제로 사는 동안 세상이 등을 돌렸던 반 고흐는 의욕조차 사라졌을 때 그림을 그렸다고 한다. 동생 테오에게 한 말이다. "희망도 없고 무엇을 해내고 싶은 열망 같은 것은 이미 깨져버렸어. 그저, 너무 고통스럽지 않기 위해서 그림을 그리는 것뿐이야. 기분 전환을 하기 위해서."

그의 생의 마지막 편지에 이런 말이 적혀 있다. "어쨌든! 난 나의 일을 위해서 목숨을 걸었고 나의 이성까지 반쯤 잃어버렸어."

예술을 하거나 좋아하는 일을 하거나 어떤 일에 도전하려는 당신은 이렇듯 그것을 위해 이성까지 잃을 정도로 목숨을 걸 수 있겠는가.

우리는 가끔 자신이 사랑하는 무언가를 위해서 무모하게 행동한다. 미치도록 보고 싶은 사람을 보기 위해 대서양을 건너기도 하고, 칠흑 같은 어둠 속을 아무렇지도 않은 듯 걸어가기도 한다.

이 순간 재능이란 무의미해진다. 이렇게 절대적으로 예술이 자신에게 필요하다고 느껴지면 내가 재능이나 천재성이 있는지는 중요하지 않다. 결국 영혼에서 영혼으로 이어지는 예술은 어떤 메시지를 전달하는지가 가장 중요하기 때문이다.

100번 싸워 100번 이길 필요 없이, 싸우지 않는 게 이기는 것이다. 경쟁할 필요 없이 지극히 자신의 이상을 추구하며 독보적인 길을 걷는 것이다.

커리어를 위해 인맥 관리에 집중하는 것은 예술인으로서 큰 독이 될 수 있다. 자신의 실력과 학문에 집중하며 묵묵히 자신만의 우주를 형성해 나가면 날카로운 송곳이 언젠가는 주머니를 뚫고 나오듯 나의 우주는 자연스럽게 발견될 수밖에 없다. 사람들은 실력 있는 자들과 함께하고 싶어 하기 때문이다. 실력자를 부르지 않을 수가 없으니, 자연스럽게 기회는 올 것이고 또 그런 기회가 왔을 때 준비된 모습을 보여주면 된다.

그렇기에 긍정적인 마음가짐과 함께 묵묵히 자신의 길을 걸어나가며, 인생의 흐름에 몸을 맡기고 긍정의 마인드로 기회를 발견하라고 하고 싶다. 비록 원했던 결과를 모두 얻지 못해도 그것이 나에게 더 크고 새로운, 내가 상상도 할 수 없던 방향으로 나를 이끌어 주는 계기가 될지도 모른다.

침입자
경고

2018년, 스테판 하스켈 감독이 나에 관해 다큐 영화를 만들고 싶다는 제안을 했을 때 나는 조금의 망설임도 없이 승낙했다. 그의 삶을 바탕으로 한 영화를 감명 깊게 본 기억이 있기 때문이다. 그는 40대에 들이닥친 갑작스러운 전신마비로 인해 다시는 일어날 수 없을 것이라는 판정을 받았었다. 그러나 불굴의 의지와 요가 수련, 그리고 명상을 통해 건강을 완전히 회복한 이야기는 이미 많은 프랑스인에게 큰 영감을 안겨준 바 있다. 그런 그가 나의 이야기를 다큐 영화로 만들겠다는 것이다.

2019년도 가을에 시작된 촬영은 아름다운 환경 속에서 안정적인 삶을 살며 연주회와 학교 강연을 하는 스위스 일상부터 시작됐다. 코로나19로 중단된 촬영은 격리를 무릅쓰고 한국으로 날아온 하스켈 감독의 용기 덕분에 2021년 12월에 다시 시작했다. 프랑스 영화 제작사와 한국 다나기획사의 기막힌 화합으로 일주일이라는 말도 안 되는 짧은 시간 동안 울산, 대구, 서울, 안양, 안산, 광주, 부천, 고양을 다니며 숨 막히는 촬영 스케줄을 소화했다.

다큐멘터리 촬영을 마치기 위해 내가 프랑스로 건너갈 차례가 다가왔는데, 왠지 모를 긴장감에 난 계속 프랑스 촬영 스케줄을 미루고 또 미루었다. 용기 있게 한국으로 온 감독님에게 미안할 정도로 프랑스 촬영을 주저했다. 다큐를 위해 나의 청소년기 발자취를 다시 밟으러 갈 용기가 도무지 나질 않았다. 클래식의 본고장인 만큼 정말 풍부하게 공부할 수 있었지만 매정함과 고독함으로 상처투성이였던 나의 십 대가 그곳에 있었다. 2015년 첫 에세이 《침묵의 소리》를 집필하며 그 암울했던 시절을 겨우 소화하고 날려보냈건만, 또다시 괴로운 기억을 끄집어내야 했다.

파리국립고등음악원부터 시작한 프랑스 촬영은 다행히도 순조롭게 진행되었다. 많은 사람의 협조와 환영을 받았고 재학생들과 나눈 덕담도 즐거웠다. 학교 부교수가 된 나의 동기이자

슈만의 〈노블레테〉 8번은
프랑스에서의 학창 시절을 추억하게 하는 작품이다.

〈슈만〉, 2001

친구 바르두히와의 뜻밖의 재회로 기쁨이 넘치는 촬영이었다. 그 후 콩피에뉴음악원에서 나의 은인이자 어머니 같은 아녜스 선생님을 만나 돌아가신 오플레 선생님을 회상하며 졸업시험 때 연주했던 슈만의 〈노블레테〉 8번을 연주했고, 노르망디 루앙에서 중학교 동창을 만나 그 시절을 떠올리며 훈훈한 저녁 식사도 함께 했다.

그리고 촬영 마지막 날 오전 아홉 시. 올 것이 오고, 터질 것이 터지고야 말았다. '웨에에에에에에엥' 하며 울리는 경고음.

ALERTE INTRUSION! ALERTE INTRUSION!침입자 경고! 침입자 경고!

열다섯 살 때 프랑스에서 나를 추방하려고 했던 교수가 아직도 근무하고 있는 루앙국립음악원 앞에서 갑자기 들려온 경고음이다. 내가 학교 앞에 막 한 발짝을 딛자마자 엄청난 사이렌 소리와 함께 날카로운 기계 경고음이 울어대기 시작했다. 우연의 일치라고 하기엔 소름이 끼칠 정도로 타이밍이 황당했다.

그리고 그때 꽁지머리에 덥수룩한 수염의 남자가 나를 향해 걸어왔는데, 그 얼굴은 괴로운 경고 방송을 상쇄할 정도로 낯이 익게 반가웠다.

"이브 Yves!" 나이가 많이 들어 보이는 남자는 22년 전 나와 함께 피아노를 공부했던 동창생이다. 그때와 똑같은 머리에 같은 스타일의 옷을 입고 있어서 바로 알아볼 수 있었다. 학교 연주회 때 나는 쇼팽의 〈왈츠〉를 연주했고, 그는 브람스의 〈인터메조〉를 연주했던 기억이 모두 어제의 일인 듯 생생히 떠올랐다. 이브 또한 이런 경고 방송은 생전 처음 들어본다면서 인상을 찌푸렸다.

침입자 경고음에 휩싸인 채 음악원에 들어간 나는 다시 한번 반가운 얼굴을 만났다. 연습실을 배정받기 위해 하루에도 여러 번 싸웠던 크리스토프 아저씨. 지금은 서로 너무 반가웠고, 그는 나를 "우리 학교가 배출한 세계적인 피아니스트"라고 추켜세우면서 환영해 주셨다. 나는 아저씨에게 다큐멘터리 촬영을 위해 루앙을 방문했지만, 루앙국립음악원 측에서 도저히 촬영 허가를 내주지 않았다는 자초지종을 설명했고, 아저씨는 나의 이야기가 아직도 귀를 때리는 경고만큼이나 믿을 수 없다는 표정으로 나를 바라보며 말씀하셨다. "지금 이 말도 안 되는 '침입자 경고' 방송, 그리고 루앙국립음악원에서 촬영 허가를 내주지 않는 이유가 설마 옛날에 그 교수님과 있었던 일 때문에 그러는 걸까?"

22년 전, 루앙국립음악원의 피아노 교수님께 리스트 〈피아노 소나타〉를 연주했던 '대사건 아닌 대사건'이 일어났었다. 더 거슬러 올라가 24년 전, 리스트 〈피아노 소나타〉에 푹 빠져버린 나는 교수님께 이 곡을 가르쳐주십사 간곡히 부탁했다. 그러나 그녀는 "이 곡은 음악적으로나 기술적으로 가장 난해한 독주곡이고 길이도 30분이나 되는 대곡이야. 적어도 열여섯 살은 돼야 이 곡을 시작할 수 있어. 넌 아직 열세 살이니 이 곡을 연주하면 안 돼"라며 단호하게 거절했다.

그런데 문제는, 나는 꼭 이 곡을 연주해야만 했다. 연주하지 못한다고 생각하자 잠도 못 자고 밥도 넘어가지 않았다. 눈만 뜨면 리스트 〈피아노 소나타〉의 광활하게 아름다운 멜로디와 화성들이 떠올랐고, 이 곡을 피아노로 연주하지 않는 것은 내겐 너무나도 큰 고문 같았다. 무척 보고 싶은 사람을 강제로 보지 못하게 하는 것보다 더욱 괴로웠다. 어쩔 수 없이 교수님의 레슨실에서 멀리 떨어진 연습실에서 몰래 연습하기 시작했다. 아침 일찍 교수님이 출근하시기 전 몇십 분이라도 연습하고, 콘서바토리가 문을 닫는 밤 열한 시까지 연습하고 귀가하곤 했다. 나를 점검해 주는 것은 매일 분신같이 갖고 다녔던 녹음기뿐. 그런 비밀 연습을 한 지 2년 후 떨리는 마음으로 교수님께 고백을 했다. "교수님, 저 사실은 혼자 연습했어요. 그래서 곡도 다

외우고 처음부터 끝까지 다 완주할 수 있습니다. 들려드리고 싶습니다." 처음으로 떳떳하게 나의 사랑하는 리스트 〈피아노 소나타〉를 어느 누군가와 나누는 순간이었다. 그리고 교수님을 기쁘게 놀래켜드릴 생각에 가슴이 부풀어 올랐다.

연주가 끝나자 그녀의 얼굴은 분노로 가득 차 있었다. 자기 말을 거역했다고 화를 내면서 비판에 비판을 쏟아내더니 기어코 나를 돌려보냈다. 큰일이었다. 1년 뒤에 파리국립고등음악원 입학시험을 치러야 하는데, 이 교수님과는 도저히 함께 준비할 수 없다는 생각이 들었다. 사실 자유에 목말라 있는 나는 엄격하게 자신의 명령에 따를 것을 요구하는 그 교수님과 맞지 않다는 것을 일찌감치 알고 있었다. 음악적으로 어떻게든 숨 좀 쉬고 살아봐야겠다는 생각에 난 굳게 결심했다. 며칠 뒤 교수님을 찾아가 울먹이며 말씀드렸다. "죄송합니다. 교수님. 저 이제 수업에 그만 나오겠습니다."

어차피 그 당시 난 루앙국립음악원을 졸업한 상태였고 1년 동안 파리국립고등음악원 입학시험만 열심히 준비하면 되는 상황이었다. 있는 대로 화가 난 교수님이 나에게 소리를 너무 지르는 바람에 바로 옆 레슨실의 교수님도 놀라 나에게 올 정도였다. 울음을 터뜨리며 난 그곳을 피했고, 집으로 돌아오는 길에

드디어 숨통이 좀 트이는 것 같았다. 날개를 펴고 하늘을 날아 갈 것만 같았다.

그런데 그다음 날 기가 차는 일이 벌어졌다. 한국 영사관의 명예영사님께서 날 찾아오신 것이다. "현정아. 이게 도대체 무슨 일이니? 글쎄, 너희 피아노 교수님이 널 프랑스에서 추방하고 싶다고 나를 찾아오셨다. 도대체 이게 무슨 일이니?" 나라에서 추방이 될 때는 범죄를 저질러야 가능한 일이지 않은가. 얼마나 심각한 일인지 영사님께서 나에게 직접 찾아오셨다. 내가 영사님께 드릴 수 있는 답은 이것뿐이 없었다. "저… 리스트 〈피아노 소나타〉를 연주했고 피아노 수업을 그만두겠다고 했어요." 아무것도 가진 것이 없는 열다섯 살 소녀에게 모든 것을 다 가진 것 같이 보였던 교수가 권력을 사용해 저질렀던 황당한 사건이었다.

당연히 그녀의 계획은 성사되지 않았지만, 난 루앙국립음악원의 미운 오리 새끼가 되었고 1년 동안 혼자서 입학시험에서 연주할 곡을 선정하고 연습하며 입시를 준비했다. 그리고 그 미운 오리 새끼는 루앙국립음악원이 생긴 이래 처음으로 파리국립고등음악원 피아노과에 입학했다. 신문과 뉴스에서 취재 요청이 와 그녀에게 화해의 의미로 함께 인터뷰하자고 손을 내밀

었지만 침묵으로 대답했다.

내가 열두 살부터 공부했던 프랑스. 그곳은 나에게 치열한 싸움의 상징이다. 그리고 '침입자 경고'는 그 싸움의 본질을 나타내는 정확한 문구다. 나는 이 다큐멘터리가 참 기대된다. 그리고 한국에서도 방영되기를 바란다.

내가 지켜낸 것,
겸손의 발맞춤

사회인으로 살면서 겸손함을 기준으로 평가받는 경우가 많다. 겸손이란 무조건 자기 자신을 낮추는 것일까. 속으로는 그렇지 않지만 겸손해 보이기 위해서 인위적으로 자기 자신을 낮추는 것이 과연 진정한 겸손일까.

'겸손謙遜'의 한자어를 풀이하면 謙 겸손할 겸은 言 말씀 언과 兼 겸할 겸이, 遜 겸손할 손은 辶 쉬엄쉬엄 갈 착과 孫 손자 손이 합쳐져 있다.

흥미로운 부분은 겸손할 겸謙의 언言 옆에 있는 겸兼이 벼 두 포기를 손으로 잡은 모양이다. 즉 '말을 묶어두어라', 혹은 '말을 아끼다'라는 뜻이 될 수 있고, 다르게 해석하면 '상대의 입장과 자기 입장을 동시에 겸하다'라는 뜻도 된다.

착辶과 손孫이 합쳐져 있는 손遜은 '어른의 그림자도 밟지 않고 간다'라는 뜻으로 '어린 손자가 어르신과 함께 갈 때 보폭을 맞춰서 쉬엄쉬엄 간다'라고 해석할 수 있고, '손자 같은 어린 자와 함께 할 때 쉬엄쉬엄 기다리며 천천히 간다'고 달리 해석할 수도 있다.

'겸허謙虛'의 虛허는 '비다', '없다'라는 뜻이다. 말과 마음을 비우고 상대를 대한다는 뜻으로 해석할 수 있다.

겸손과 겸허함은 상대적일 수 있다. 겸손謙遜의 손遜 자는 겸손, 겸허의 상대성이 잘 나타나 있다. 높은 이가 아랫사람을 대할 때는 함께 기다려 주며 보폭을 맞춰 소통하는 '겸손함'이 있고, 아랫사람이 높은 이를 대할 때는 많이 배우려는 자세로 마음을 비우고 소통하는 '겸허함'이 있는 것이다. 때에 따라 겸손과 겸허가 상대적으로 표현된다.

한자어로 겸손의 뜻을 풀이했을 때 그 어디에도 자기를 일부러 더 못나게 한다거나, 잘한 것을 감춘다거나, 옳다고 생각하는 것을 일부러 부정한다는 뜻은 없었다. 무조건 자신을 낮추는 것은 진정한 겸손이 아니다. 겸손과 가식, 그리고 겸손과 비굴은 엄연히 다른 것이다.

겸손함이라는 뜻을 지닌 영어 단어 modesty와 프랑스어 단어 modestie는 라틴어의 '절제하다'라는 단어 modestia모데스티아에서 파생됐다.

또 다른 표현인 영어 humility와 프랑스어 humilité는 라틴어 humilitas후밀리타스에서 유래되었다. 후밀리타스는 '흙'을 뜻하는 라틴어 humus후무스에서 파생되었고, '인간'을 뜻하는 영어 단어 human과 프랑스어 단어 humain도 후무스에서 왔다. 기독교가 뿌리내린 유럽에서 겸손이란 자신의 근본을 되묻는 것이 아닐까 한다.

흔히 공자, 석가모니, 예수와 함께 4대 성인으로 불리는 소크라테스가 생전에 중요하게 생각했다는 말 '너 자신을 알라'는 종교나 영성뿐만 아니라 '나의 근본'을 관찰하는 관점으로 살펴보기에 탁월한 문구다. 지극히 현실적으로 나 자신의 '근본'을 관찰하면서 여러 질문이 떠오른다.

· 지금 나는 어떻게 숨 쉬며 살아 있는가?
· 나는 어떻게 존재하는가?

이 글을 쓰는 순간에도 내 주변에는 수없이 많은 사물들이 있다. 가장 먼저 눈앞에 띄는 쌀과자의 '쌀'만 살펴보더라도, 농작물이 성장하기 위해 내 영역 밖인 땅, 태양, 공기, 물이 필요하다. 또 우리 식탁 위에 올려지기까지 힘쓰는, 평소에 우리가 상상하기 힘든 수많은 이의 도움이 필요하다.

글을 쓰기 위해 내가 쓰고 있는 컴퓨터를 작동하게 하는 전기 또한 발견한 사람, 활용하기까지 수많은 과정에 참여한 이들, 전기를 사용해 수많은 물체를 발명한 전문가, 그리고 역사를 거쳐 셀 수 없이 많은 이의 기여로 나는 이렇게 컴퓨터를 사용하고 있다. 너무나도 명확하다. 그들이 없었다면 나는 이렇게 책을 쓸 수도 없다.

부모님을 포함해 눈앞에 보이지 않는 이들, 심지어 존재조차 알 수 없는 무수한 이들, 우주의 기운과 지구를 둘러싼 다양한 요소가 없었다면 우리는 결코 존재할 수조차 없다. 우리는 결국 절대적으로 상호의존하는 원리로 존재하는 것이다. 아무것도, 그 누구도 없이 철저히 혼자 살든, 세상에서 가장 부유하게 살아가고 있든, 상호의존의 결정체가 바로 '나'다.

이렇듯 나는 세상과 밀접하게 연결되어 있고, 세상과 나는 하나이며, 세상이 없으면 나도 존재할 수 없다. 내가 아무리 잘났다고 한들, 혼자만의 힘으로 살아갈 수 있는가? 이것을 알게 된 이상, 어떻게 교만할 수가 있겠는가.

현재까지 많은 이들에게 깊은 영감을 주고 있는 '너 자신을 알라'라는 말에는 물론 수많은 해석이 존재할 것이다. 이 문장의 정확한 의미를 찾는 것도 의미 깊은 일이지만, 이 질문 하나로 수많은 사람이 시대를 거쳐 깊은 통찰을 했다는 것 또한 이 문장의 위대한 힘이다. 오랜 시간 인간에게서 묻어나온 사색과 명상, 깨달음은 소크라테스가 깊이 사유했던 것 이상일 수도 있다고 감히 상상한다.

진정한 겸손함과 겸허함은 오히려 자존감과 자신감에서 비롯된다. 자존감과 자신감이 있을 때 진정한 겸손과 겸허함이 표현될 수 있다.

더 나아가 자신감과 교만에도 확연한 차이가 있다. 자신감이나 자존감은 만족감과 충만함에서 비롯되고, 자만심이나 교만함은 어리석음과 무지에서 비롯된다. 그 어리석음은 상호의존에 대한 인지가 결여될 때 나타나는 현상이다. 더불어 자신감이 겸손함과 공존할 수밖에 없는 이유는 자신이 이룬 것에 대한 뿌듯함은 느끼면서도, 상호의존의 영향과 세상의 도움이 있었음을 알기에 자기만의 공덕으로만 돌리지 않기 때문이다. 겸손하지 않으려야 않을 수 없다.

감사함으로 충만한 순간 겸손과 겸허함은 우리의 영혼을 빛으로 이끈다. 자존감이 충만한 상태에서 상대를 대할 때는 여유가 있다. 만족감이 가득하기 때문이다. 만약 경쟁자를 만나게 된다면 '위협'이 아니라 성장의 에너지가 나오는 '자극'이 느껴질 것이다.

우월감이나 열등감은 서로 만나는 지점이 있다. 바로 '결핍'이다. 이제 막 한글을 처음 배우는 아이에게 성인이 우월감을 느끼진 않는다. 혹은 현대 음악가가 베토벤이나 모차르트에게 열등감을 느끼지는 않을 것이다. 우월감이나 열등감은 어떤 위협을 느꼈을 때, 안정적이지 못할 때 나타나는 자기만의 보호본능 반응이라고 생각한다.

사람들은 각자 자신에게 맞는 특정한 분야에서 유일무이하고 변화무쌍하게 자기 가능성과 재능을 발휘한다. 그 분야는 사람마다 다르다. 각자의 재능이 표출되는 방식도 장소와 타이밍에 의해 달라지고 세월을 따라 계속 변화하고 발전하기에, 누군가에게 절대적으로 우월함을 느끼는 것은 사실 모순이다.

> "모든 사람은 천재다. 그러나 물고기를 나무에 오르는 능력으로 판단한다면 물고기는 평생 자신이 멍청하다고 믿으며 살 것이다."
>
> — 알베르트 아인슈타인, 과학자

'세상에서 가장 뛰어난 사람'은 지금 당장 제일 똑똑한 사람이 아니라 '끊임없이 발전하고 성장하고 있는 사람'이라고 생각한다. 최고로 잘난 사람일지라도 발전을 멈추거나 제자리걸음만 한다면 어느 순간 뒤처질 수밖에 없다. 과거에 얼마나 똑똑하고 잘났었는지는 중요하지 않다. 현재 지속적인 성장을 하고 있는지 체크하는 것이야말로 매우 의미 있는 일이다.

◆ ◆ ◆

앞서 언급한 겸손, 겸허, 자존감, 자신감을 예술인에게 적용해보자. 예술인으로서 겸손과 자신감의 공존은 필수다. 예술이라는 학문에는 끝이 존재하지 않기에 지속적으로 자신의 예술을 끌어올릴 의무가 있다. 겸허하지 않으려야 않을 수 없다. 동시에 자기만의 우주를 끝까지 진솔하게 표현하기 위해서는 한없이 도도해야 하는 양면성도 존재한다. 자신의 우주를 보호하고 지킬 수 있는 고집이 필요한 것이다. 타인의 비판으로 감정이 요동친다거나, 유행에 끌려다니지 않을 만큼 예술에 대한 자존감과 당당함을 갖춰야 한다. 예술을 지키는 바로 그 정신이 외부에서 보기에는 당돌할 정도로 자부심 있고 다부져야 한다.

반면 예술은 평생 자기만을 향하는 이기적인 것이 아니기에, 상대와 세상을 향해 함께 변화하고 발전하며 상호의존한다. 청중을 고려하며 발걸음을 함께 맞춰갈 배려도 필요하다는 것이다.

상호작용 속에서 끊임없이 발전하는 수준 높은 예술을 지향하면서도, 청중과 나누는 과정에서 겸손함과 감사함으로 비롯된 배려를 지향해야 한다. 즉 전문성과 대중성(전달력)을 겸비하는 것이다.

전문성과 대중성을 함께 포용하기 위해 나는 항상 두 가지 형태의 공연을 준비한다. 하나는 나의 한계를 넘어서고 음악적 연구와 피아니스트적인 역량을 최대한으로 발휘하는 지극히 전문적인 공연이다. 바흐 〈평균율〉 전곡, 리스트 〈초절기교 에튀드〉 전곡, 베토벤 〈피아노 소나타〉 전곡 연주, 라흐마니노프 〈피아노 협주곡〉 전곡 솔로 편곡 등이 해당된다. 다른 하나는 유쾌한 스피치와 연주를 병행하며 청중과 적극적으로 소통하는 형식의 공연이다.

구체적인 예를 들어 '클래식의 구약성서'라고 불리는 바흐 〈평균율〉을 기획할 때는 바흐 〈푸가〉에 필수로 등장하는 기하학적, 논리적, 대칭적, 대위법적 등 전문적인 요소들을 탐구하고 24개의 〈프렐류드〉와 24개의 〈푸가〉를 한 자리에서 전곡을 연주하는 지극히 전문적인 '리사이틀'을 계획한다. 동시에 청중이 좀 더 편안하게 느낄 수 있도록 바흐의 삶을 대중적인 스피치로 이끌어 나가며 피아노, 오르간, 하프시코드를 동시에 한 공연에서 연주하는 전국 최초의 '렉처 콘서트'도 함께 기획한다.

전문적으로 보았을 때 베테랑에게도 난해한 바흐의 〈평균율〉을 최대한 전문적으로 심도 있게 탐험하면서도, 무대 위에서는 그 완벽한 조화와 명료한 구조와 논리, 정교한 디테일에서 드러나는 지극히 인간적인 감정을 최대한 투명하고도 선명하게 전달하는 것이다.

반면 대중적인 공연에서는 '인간' 바흐에 관하여 흥미로운 에피소드와 개인적인 경험을 연주와 스피치로 녹여내 평균율 하나하나가 조각처럼 쌓이고 쌓여 거대한 대성당의 위대함으로, 때로는 인생의 대장정처럼 빚어진다.

바흐의 대위법에는 지극히 전문적인 요소들이 존재한다. 하지만 이런 테크닉 요소들이 결승선이 되어서는 안 된다. 그것은 목표가 아니라, 결국 본연의 아름다움을 더욱 빛나고 자유롭게 표현할 수 있도록 뒷받침하는 도구일 뿐이다. 난해한 구조에 휘

둘려 음악을 딱딱하게 만들지 않고 그 너머를 볼 수 있어야 한다. 정교한 구조에 반영된 변화무쌍한 감정은 마음의 고백을 그리는 붓과 같은 역할을 하기에, 이미 바흐의 음악 속에 존재하는 전문성과 대중성을 끌어내야 한다.

2024년 1월, 생각만 해도 짜릿하고 환희의 눈물이 고일 정도로 사랑하는 음악을 무대에 올렸다. 고양아람누리에서 프랑스 작곡가 모리스 라벨의 기려한 음악으로만 구성된 100분의 공연이었다. 100여 년 전에 존재했지만, 그 누구보다도 나의 마음속을 생생하게 살아서 활보하는 라벨의 음악적 영감을 어떻게 하면 청중에게 고스란히 전달할지 고민이 이만저만 아니었다.

음악을 무대에 올리기 전 나는 어떻게 하면 음악을 지극히 전문적이고도 즉각 전달할 수 있을지 고민하고, 청중의 입장이 되어보기도 한다. 오로지 내 음악에만 빠져서 혼자만 즐기다 오는 공연은 전혀 반갑지 않기 때문이다.

따라서 '렉처 콘서트' 형식으로 진행하기로 했다. 라벨이라는 작곡가에 대해 설명하며 각 곡을 연주할 때마다 그 곡을 둘러싼 이야기와 작곡가의 영감을 청중과 공유한 것이다.

안개 속에서 시작되는 라벨의 〈라 발스〉를 연주할 때는 암전 상태로 시작해 음악의 흐름에 따라 점점 밝게 연출하기도 했고,

혜성같이 빛나는 음악인들의 도움으로 불후의 명작 〈볼레로〉를 연주했다. 집요하게 반복되는 멜로디를 각 악기(클라리넷, 플루트, 색소폰, 오보에, 바순, 트럼펫)의 솔리스트가 자신의 악절을 연주하면서 무대로 등장해 경직되어 보일 수 있는 클래식 무대에 활기를 불어넣었다.

무조건 널리 알려지고 인기가 많은 곡을 연주하며 대중성만을 추구하기보다는, 라벨의 음악처럼 대중에게 아직 익숙하지 않은 음악을 변질시키지 않고 고유한 그대로를 전달력 있게 제시하려고 노력한다.

재밌는 점은 관객의 시선과 관점으로 바라볼수록 아이디어와 추구하는 바가 더욱 선명해진다. 고유의 음악 그대로를 연주하지만 표현하고자 하는 바가 확고하고 완성도가 높으면, 아무리 어려운 클래식 음악일지라도 그 감동이 청중에게 고스란히 전달된다.

> "만약 당신이 어떠한 것을 여섯 살짜리 아이도 이해할 수 있을 정도로 간단하게 설명하지 못한다면, 당신은 아직 그것을 이해하고 있지 못한 것이다."
>
> — 알베르트 아인슈타인, 과학자

청중의 수준이 어느 정도일지 어림짐작하며 눈높이에 맞추려 할 필요가 없다. 대중을 상대하는 예술인으로서 그 대중을 과소평가하는 것은 굉장히 위험한 일이다. 허상의 수준에 맞추려고 어떤 방식으로든 예술의 수준을 일부러 내려버린다면, 스스로와 청중은 그 자리에만 머물게 된다.

청중의 가능성은 무한하다. 예술인이 제시하는 높이만큼 따라오기 나름이다. 단 조건이 있다. 전달하고자 하는 세계가 또렷하고도 분명해야 한다. 그때 비로소 설득력과 전달력이 생긴다.

PART 2
죽음과 빛 사이에서

모순에
연연하지 말 것

나라는 사람이, 혹은 나의 예술이 어떻게 평가되는지는 그다지 중요하지 않다. 내게 붙는 타이틀이나 수식어에 큰 의미를 두지 않는다. 그것은 포장지일 뿐이지 예술이 아니기 때문이다. 한 예술인이 사회에서 활동하려면 대중에게 보이는 이미지가 중요한 건 사실이다. 하지만 포장에 너무 과한 비중을 두는 순간 예술과는 멀어지고 사회적 지위를 갈망하는 위험한 함정으로 빠질 수 있다. 아울러 번지르르한 포장지를 만드는 부류의 마케팅과 미디어에 너무 집착하면서 끌어들인 부귀영화는 예술인으로 하여금 자신의 진정한 의무 앞에서 나태하고 안주하게 만든다. 예술은 절대로 호락호락하지 않다. 재능이 있다고 안주하지 말자. 재능은 소유물이 아니다. 하늘에 잠시 빌린 것뿐이다.

잠시 허락된 재능을 계속해서 갈고 닦지 않으면 언제든지 하늘은 그것을 앗아갈 수 있다.

2012년 당시 베토벤 〈피아노 소나타〉 전곡을 EMI 클래식스에서 한국인 최초, 최연소로 전 세계에 발매했다. 자연스럽게 전 세계 클래식 무대에서 활동하며 경력을 쌓고 있었고, 일본에서까지 재빠르게 많은 관심을 보이면서 최고의 오케스트라와 협연을 했다. 하지만 정작 나의 조국 한국에서는 단 한 번도 나를 초청하지 않는다는 사실에 매우 서운했다.

한국에서 유일하게 졸업한 학교는 안양의 만안초등학교(1학년 1학기 동안 재학했던 금명중학교에서는 내게 명예졸업장을 수여하겠다고 했다). 그 이후 줄곧 유럽에서만 살았으니 한국에 지연이나 학연이 전혀 없는 나에게 국내 무대의 초대장이 날아오지 않는 것은 사실은 그리 놀랍지 않은 일일 수도 있다. 전 세계적으로 가장 큰 무대에서 피아노를 연주하는 내게도 한국의 음악 세계가 자리를 내주지 않았는데, 학교와 교수님 라인이 마치 종교처럼 여겨지는 시스템 속에서 그야말로 돈도 없고 배경도 없으면서 사교생활까지 능숙하게 해내지 못하는 음악 전공생에게 한국 음악계는 정말 얼마나 잔인하고도 무자비할까.

당시 한국 공연계 관계자는 내게 이런 말을 했다. "한국에서 '뜨기' 위해서는 간략한 타이틀이 필요한데 임현정 피아니스트는 그런 게 없어서 너무 안타깝네요."

'최고의 음반사에서 최연소로, 그리고 한국인 최초로 베토벤 〈피아노 소나타〉 전곡을 전 세계에 음반을 발매한 피아니스트'는 대단하지만 '간략'하지 않아서 매력적으로 어필하기가 힘들고, '○○ 콩쿠르 1위' 같은 임팩트 있고 간략한 타이틀이 있어야만 한국에서 활동할 수 있다는 것이다. 콩쿠르는 목표가 아니라 음반사, 기획사와 계약하고 연주 활동을 하기 위한 과정일 뿐인데도 말이다. 당황스러운 마음을 감출 수 없었다. 그런 타이틀이 생긴다고 해서 내가 갑자기 음악을 더 잘하게 되는 것도 아니고, '나'는 '나'일 뿐이다. 음악인 임현정은 어떤 수식어가 붙든 안 붙든 음악을 하는 사람일 뿐인데 말이다. 어차피 전 세계적인 활동을 이어가며 숨 쉴 시간조차 없었기에, 한국에 있는 가족에게 감동적인 무대를 보여주는 시간이 늦춰진다는 것 말고는 따로 별 신경을 쓰지 않고 나만의 길을 걸었다.

그러던 어느 날 아침 EMI 미국 지사에서 보낸 이메일 한 통을 받았다. '빌보드 클래식 차트 1위'를 했다는 소식이었는데, 처음에는 빌보드가 무엇인지 몰라서 하나의 좋은 소식 정도로 흘

려보냈다. 그럴 만한 이유가 있었는데, 당시 유럽에서는 크게 인정하지 않는 부류의 차트였다. 내가 시큰둥한 반응을 보이자 EMI 한국 지사에서 전화해 가수 싸이가 빌보드 차트 1위에 진입하기만을 전 국민이 기다리고 있다며 나의 1위, 그것도 클래식 종합 차트에서 1위를 차지한 것은 대사건이라고 전해주었다. 실제로 당시 9시 뉴스에 나올 정도로 한국에서는 큰 이벤트였다.

'빌보드 1위'라는 수식어로 아티스트가 한 나라에서 이렇게 대단해질 수도 있고, 같은 수식어가 다른 나라에서는 별 상관이 없다는 점이 매우 충격으로 다가왔다. 음악인의 운명이 '간략한' 수식어로 평판이 갈린다는 게 아이러니하지 않은가.

어쨌든 그 빌보드 차트 덕분에 한국에서 데뷔무대를 열었다. 내 음악을 가장 들려드리고 싶었던 사람, 아버지에게 한국에서 가장 큰 무대인 예술의전당 콘서트홀에서 연주하는 모습을 보여드린 게 가장 기억에 남는다. 외국에서 공부하는 내게 자랑스러운 한국인이 되라며, 자긍심을 잃지 말라고 항상 응원해 주신 아버지. 다시 조국으로 돌아와 멋진 무대에 서는 모습을 보여드릴 수 있어서 정말 행복했다. 아버지의 뜻을 따라 외국에서 공연할 때마다 내가 직접 작곡한 〈아리랑 판타지〉를 앙코르 곡으로 연주하는 모습을 눈앞에서 들려드릴 수 있어서 너무나도 뿌

듯한 순간이었다.

마케팅이나 수식어, 타이틀의 중요성을 인지한다. 하지만 동시에 그 모든 것이 포장지에 불과하다는 것도 안다. 단지 활용할 도구로 생각할 뿐이다. 그것은 좇으면 좇을수록 더 도망가고, 실체 없는 허상에 지나지 않는다. 타이틀은 결과적으로 붙는 장식일 뿐이지 원인도 아니고 목표도 될 수 없다. 타이틀을 얻게끔 하는 것은 오로지 자신의 예술, 알맹이다.

그 예술이 탄탄할수록 빛이 나기 마련이고, 빛날수록 타이틀이 저절로 붙기 마련이다. 이 세상에 우리가 다 알지도 못하는 타이틀이 얼마나 많은가. 그러면서도 맹목적으로 따르는 것은 알맹이 없는 번지르르하기만 한 껍질을 바라보는 공허한 일이다.

나는 과감하게 말한다. 예술인에게 인맥 관리는 그다지 중요한 것이 아니라고. 환심을 사기 위한 관리는 시간과 돈, 에너지를 너무 많이 쓰고 자신을 지치게 하는 것이다. 자신의 커리어를 진정으로 위한다면 그 시간에 실력을 키우고 건강을 관리하고 견문과 생각의 깊이를 다지기를 바란다. 이 방법이 인생에 훨씬 도움이 된다. 수식어나 타이틀 같은 인맥은 성공의 원인이 아니라 결과다. 내 마음대로 할 수 없는 환심을 사려 노력하지 말고, 스스로 개척하고 만들어 나갈 수 있는 자기에게 시간과 에너지를 쏟아붓자.

성실하게, 묵묵히, 착실하게 실력을 키우면서 훌륭한 인성까지 지녔다면 사람들은 나의 재능을 알아본다. 언제나 감사한 마음을 가질 줄 아는 것만으로도 훌륭한 인성을 갖추었다고 생각한다. 지금의 자리가 어떻든 그 자체만으로도 많은 사람의 도움이 있었다. 만약 만족스러운 위치에 있다면 행운까지 함께한 것이라고 진심으로 알고 느끼는 것이다. 그러면 주위 사람들과의 관계가 더 좋아질 수밖에 없고, 마주치는 사람들조차 고맙게 느껴질 것이다. 인생이 밝아지는 것이 바로 감사의 힘이 아닐까.

또한 내가 하는 일이 세상을 이롭게 하고 사회에 선한 영향을 끼치는 일이라면, 가슴 깊이 당당함이 우러나올 것이고, 누가 보아도 자신감 넘치는 매력적인 사람이 될 수밖에 없다.

나는 종종 피아노와 함께 이룬 일심동체에서 빠져나와 '나'라는 사람을 한 지구인으로서, 더 넓게는 우주인의 관점에서 바라본다. '내가 하는 음악이 피아노라는 악기를 단 한 번도 들어본 적 없는 깊은 골짜기에 살고 있는 원주민들에게 어떻게 전달될까? 그들의 마음에도 전율이 일어날 수 있는 그런 음악을 하고 있을까?', 그리고 '저 먼 다른 별에 사는 외계 행성인들에게는 내가 빚어내는 음악이 어떤 의미가 있을까?'를 고민한다. 그리곤 다시 지구로 돌아와서 '이렇게 쳐야 한다', '저런 전통을 따라야 한다', '이쪽 파', '저쪽 파'의 기준으로 판단될 내 음악을 재미있게 바라본다. 그리고 모든 것을 다 내려놓고 마음을 비운다. 가장 진솔한 음악이 솟아날 수 있도록.

나비의 작은 날갯짓같이 미세한 변화나 사소한 차이, 혹은 작은 일이 추후 예상하지 못한 어마어마한 결과나 파장으로 이어지게 되는 현상을 말하는 '나비 효과'가 보여주듯, 우리는 모두 상호의존하며 긴밀히 연결된 공동체다.

300년 전에 지구 반대편에서 태어난 사람의 음악이 현재를 사는 우리의 가슴을 전율하게 하는 것은, 오선지에 그린 음표처럼 인간이라면 모두 갖고 있는 심장과 영혼으로부터 분출된 진솔한 음악이기에 가능하다. 시공간을 뛰어넘어 마음으로 진실하게 표현한 예술은 우리의 숭고한 본질을 일깨운다. 예술을 수행하는 사람으로서 예술 앞에서, 그리고 모든 존재에 아름다움의 전율을 흐르게 하는 음악 앞에서 끝없이 겸허해진다.

음악인의 자유

음악인에게 자유란?

근본적으로 봤을 때, 음악가라는 직업은 '자신의 음악을 다른 이와 나누는 사람'이다. 너무 간단하고 쉬워보이는가. 하지만 조금만 깊이 들어가는 순간 이만큼 난해한 것은 없을 정도로 대단히 힘든 직업이다.

'자신의 음악'이 나눌 만한 가치가 있어야 한다는 것에서 이미 한평생의 시간이 필요하다. 왜냐하면 음악이란 한 인간의 인생 전체를 다 바쳐서 갈고 닦아도 부족할 정도로 끝이 없는 공부이자, 자신의 이상이 높으면 높을수록 도달하기 어려운 학문이기 때문이다. 그리고 전 인생을 모두 바쳐서 그 수많은 시간을 견뎌낼 참을성과 인내심이 나올 만큼 그 음악을 원하고 사랑하는지는 또 다른 문제다. 그렇게 큰 노력을 했음에도 실패에 실패를 거듭하고, 그럼에도 계속 음악을 위해 영혼과 마음을 모두 쏟아붓는 것 또한 다른 문제다.

'다른 이와 나누는 사람'이 되기 위해서는 자신의 예술을 다른 사람과 공유하고 소통해야 한다. 나만 있는 방 안에서 내 귀에만 들리는 음악을 한다거나, 나만 보는 그림을 그리거나, 혼자만 읽을 글을 쓰는 것은 그 작품이 아무리 세기의 걸작이라고 할지언정 '자기만족'의 의미밖에 되지 않는다. 물론 그것만으로 스스로 행복감을 느낀다면 충분하겠으나, 사실 음식만 해도 내가 사랑과 공을 들여 만든 요리를 나 혼자 먹는 것보다는 다른 누군가와 함께 즐길 때 시간과 정성이 빛을 보고 더욱 보람 있다. 만약 내 요리로 상대방이 행복하다면 그 요리의 가치와 의미는 숫자로 헤아릴 수 없고 따질 수도 없는 마음의 양식이 될 것이다.

예술이란, 시공간을 뛰어넘어 인간의 마음에 카타르시스를 일으키고 그 작품을 통해 다른 인간의 마음에 감동의 전율을 흐르게 할 때 존재의 의미와 가치가 지속되지 않을까.

운 좋게 지원을 해주는 가족이나 후원인이 있거나, 혹은 이미 부유한 환경이라 경제적 활동을 하지 않아도 되는 예술인이라면 자신의 예술을 세상에 선보이지 않아도 상관없다. 하지만 대부분의 예술인은 자신의 활동을 이어나가는 동시에 의식주를 해결해야 한다. 예술이 사명이자 직업이 된 이상 본인이 좋든 싫든 그 예술을 대중과 나누고, 어필해 수익을 내야만 한다.

나의 예술이 세상에 닿기 위해서는 전달되고 알려져야 하는데 그러기 위해서는 나의 예술을 홍보해 주는 이들, 나와 대중 사이에 다리를 놓아주는 이들, 나의 예술을 전달하는 플랫폼을 만들어 주는 이들, 나의 예술을 감상하는 관중들과 끊임없는 소통을 해야 한다. 그리고 이렇게 자신의 예술로 사회와 대화를 시작하는 순간 여러 문제와 마주하게 된다.

나는 일찌감치 전설의 음반사 EMI와 전속계약을 했고, 세계 3대 기획사 중 하나로 꼽히는 기획사의 전속 아티스트로 활동을 시작했지만, 이는 내가 진정으로 원하는 길이 아니라는 것을 느끼고 있었다. 근본적인 측면에서 살펴보면, 이러한 길은 한 음악인으로서 절대적으로 타인에게 의존해야 하는 시스템이기 때문이다. 다른 것도 아닌 나의 음악이, 더 나아가 나의 영혼이, 나의 커리어가, 나의 운명이 제삼자의 결정으로 좌지우지되는 시스템 속에서, 아무리 큰돈을 벌고 호화찬란한 커리어를 펼칠지라도 하루에도 수백 번 목을 조여오는 불편함을 느낄 수밖에 없던 것이다.

나의 커리어가 타인에게 의존되는 순간 사회성 스킬을 발휘하며 인맥 관리를 해야 하는데, 이는 예술적 재능과는 또 다른 영역의 스킬이다. 소속사 안에서의 '정치질', 공연을 기획하는 기관과 사람들 사이에서도 '정치질'을 뚫어야 한다. 즉 기획자, 매니저, 소속사, 각종 단체의 관계자와 좋은 관계를 맺기 위해 사교생활을 이어나가야 한다. 철저하게 혼자만의 시간을 보내면서 자신만의 우주에 몰입해 창작활동을 하는 예술인이 사회생활까지 동시에 하는 게 쉬운 일은 아니다.

19~20세기에 활동했던 나의 영웅들은 콩쿠르라는 비즈니스가 생겨나기 전에 활동했고 음반사들이 예술인의 운명을 결정하는 시대를 겪지 않았다. 그래서 더욱 자유롭고 독창적이고 순수했다. 물론 시대마다 존재하는 고유의 고충이 있었겠지만 적어도 지금같이 전적으로 콩쿠르라는 시스템에 의존할 필요가 없었던 시기에 활동했던 것이다.

나는 이렇게 평생 '불림'에 의존해야 하는 아티스트의 인생을 납득할 수 없었다. 심지어 세계 최고의 기획사의 전속 아티스트로서 활동하더라도, 독립적으로 나만의 예술 활동을 할 수도 없고, 또 그렇게 하기 위해서는 사사건건 기획사의 허락을 받아야만 한다. 기획사의 정치적인 흐름의 영향까지 받으면서 나의 예술적 운명을 제삼자가 좌지우지하는 것을 절대 받아들일 수 없었다.

내가 생각하는 '음악인으로서의 자유'란 누구의 눈치도 볼 필요 없이 내가 진정으로 원하는 음악을 청중에게 자유롭게 전달하는 것이다. 다른 이에게 의존하는 구조가 아니라 함께 상생하는 구조가 만들어져야 진정한 예술적 자유가 성립된다. 예술가가 원하는 곳에서, 진실로 원하는 예술을, 원하는 사람에게 나누면서 독립된 예술인으로서 살아가는 것이다.

물론 지금까지 그랬듯이 초청을 받으면 전 세계 어디든지 날아가 최선으로 임하지만, 내가 직접 내 공연의 기회를 스스로 개척할 수 있는 선택의 여지가 있어야만 했다. 나만의 커리어를 내가 직접 자유롭게 지휘하며, 하루빨리 내 운명과 커리어의 전적인 주인이 되어야만 했다.

결국 2020년도에 나의 기획사를 직접 창립했고, 그동안 갈망했던 그 '자유'가 너무나도 컸기에 배고픈 사자같이 실현하고 싶었던 형식의 공연을 그 누구의 눈치도 보지 않고 자유롭고 시원하게 펼쳤다. 프로그램 기획부터 공연장 선정, 대관까지의 과정을 청중과 나누고 있다. 클래식 공연장에서는 볼 수 없던 'Q&A 콘서트'와 즉석에서 관객의 신청곡을 받아 곧바로 연주하는 '신청곡 콘서트'를 최초로 개최했다. 무슨 곡이든지 즉석에서 연주해야 하기에 나로서는 그동안 쌓아놓은 레퍼토리를 다시 점검해야 하고, 그것을 발판 삼아 더욱 긴장감 있게 레퍼토리를 늘려야 한다. 다시 초보자가 되게 만드는 너무나도 좋은 공연이다.

점점 시력을 잃어가는 한 관객이 '신청곡 콘서트'에 참석해 지금이 직접 보면서 관람할 수 있는 마지막 공연인데 꼭 듣고 싶은 곡이 있다면서 신청했던 곡과 사연을 지금까지도 잊을 수 없다.

이 프로젝트에 더해 '초견 이벤트'까지 진행했다. 앙코르곡으로 청중이 가져온 악보를 즉석에서 연주하는데, 이것 역시 나로서는 짜릿한 경험이다. 즐거워하는 관객을 보는 것이 내 최고의 기쁨일뿐더러, 초견 연주로 막 음악이 빚어지는 과정을 나누는 방식이 지금까지 클래식 공연에서 느껴보지 못했던 설렘이라 생각한다. 그리고 객석과 무대 사이의 뻣뻣한 벽을 허물고 싶은 작은 소망을 이뤘다. 소수에게만 허락된 한정성과 어렵다고 느껴지는 경직된 클래식 문화를 최대한 유연하고 자유롭고 아름답게 선사하고 싶은 마음이 충분히 발휘되는 순간이었다.

지금은 이진우 색소포니스트와 함께 청중에게 즉석에서 멜로디를 신청받아 즉흥으로 연주하는 '신청음 콘서트'를 시도한다 (이것 또한 국내 최초이지 않을까 한다). 청중은 자신이 우연히 흥얼거린 멜로디가 하나의 소품 혹은 장대한 판타지 같은 형태로 전개되는 데 큰 기쁨을 느끼고, 연주자는 매사에 음악의 구조와 즉흥성을 공부하는 공연이다. 또 음악이라는 언어를 더욱 유창하게 마스터하도록 채찍질하기에 더할 나위 없이 좋은 기회다.

무대에서 찬란한 아름다움이 펼쳐지는 순간 중 하나는 바로 오케스트라와 협연을 할 때다. 특히 위대한 작곡가들의 찬란한 아름다움은 협주곡에서 많이 발휘되는데, 문제는 오케스트라와 협연하기 위해서는 앞서 언급한 그 '불림'을 받아야 한다. 사랑하는 곡을 오케스트라와 함께 연주하지 못하는 것만큼 비극적인 불행은 없는 나에게 아름다움의 극치의 발현 가능성이 제삼자의 결정에 의존되고 좌지우지된다는 것은 얼토당토않은 일이다.

그래서 직접 인터스텔라 오케스트라를 창립했다. 각 단원의 별처럼 찬란한 고유성을 지닌 오케스트라와 언제 어디서든 원하는 음악을 누구의 눈치도 보지 않고 자유롭고 독립적으로 연주하며 관객과 나누기 위해서다. 그리고 더 나아가 지휘자와 감

현기증 나는 자유로움.

〈자유 2〉, 2000

독의 위치에서 오케스트라를 이끌며 젊은 음악인에게 데뷔무대를 만들어 주고 있다.

현재 기획하는 프로그램은 라흐마니노프 〈피아노 협주곡〉 전곡을 직접 솔로 버전으로 편곡해 세 시간 길이로 연주하는 공연이다. 처음 라흐마니노프의 〈파가니니 랩소디〉 18번을 오케스트라와 연주하며 지나치게 아름다운 음악에 취해 후유증까지 겪었다. 항상 오케스트라와 함께 다닐 수도, 연주할 수도 없는 까닭에 언제 어디서든 그 아름다움을 온전히 느끼려고 80명의 오케스트라 곡을 단 한 대의 피아노로 편곡했다. 그게 세 시간의 편곡으로 이어질 줄은 상상도 못 했지만 말이다.

우주만큼 사랑하는 그 음악을 나 홀로 깊은 곳까지 샅샅이 탐험하고, 피아노와 오케스트라의 아주 미세한 부분까지도 모조리 탐구하며 세포 속까지 스며들게 하고 싶어서, 피아노만 연주하기에는 너무 부족했기에 주체할 수 없는 사랑으로 시작하고 기획했다. 결국 관객과 자유롭게 느끼기 위해서다. 모든 공연은 암보로 펼쳐진다.

수많은 음악인이 명문 음악 학교에만 입학하면 모든 길이 열릴 줄 알고 심신을 다해 노력한다. 하지만 학교에 들어가면 우수한 성적으로 졸업해야 하고, 그 후에는 99.9퍼센트의 음악인

우주만큼 사랑하는 음악을 나 홀로 깊이 탐험하는 그 기쁨.
독주를 통해 관객과 오롯이 나누고 싶은 내 마음이다.

〈라흐마니노프〉, 2000

들이 콩쿠르의 길을 밟아야 하는 줄 안다. 그 후에는 물론 또 다른 '에베레스트'가 줄을 지어 기다리고 있다. 우여곡절을 넘겨 콩쿠르에서 좋은 성적을 내면 끝날 줄 알지만, 그때부터가 정말 시작이다. 좋은 음반사와 기획사에 선택돼야 하고, 음악계라는 밀림 속에서 내 이름 석 자를 각인시켜야 한다. 그 과정에서 표면적인 커리어에 눈이 멀어 진정으로 중요한 음악이 우선순위에서 밀려나지 않게 조심해야 한다. 나만의 예술을 세상의 요구나 유행과 타협시키지 않고 자신만의 유일무이한 세계를 지키고 확장해야만 한다.

세상 사람들이 원하는 것이 예술과 같다면 상관없겠지만, 내가 추구하는 예술이 지금 당장 세상이 원하는 바에 걸맞지 않다거나, 개성이 너무 뚜렷해 세상이 적응해야 할 시간이 필요하다거나, 심지어 시대를 앞서가고 있다면 나의 내면에서 분쟁이 생긴다.

세상이 원하는 것에 맞출 것인지, 독불장군처럼 끝까지 나의 예술을 지키고 고집하며 결국 세상의 입맛 자체를 바꿔버릴 만한 작품을 만들 것인지 고민할 수 있다.

입맛에만 맞춰서 살다보면 '예술인'의 숙제를 잊을 수 있는데, 그것은 바로 자신의 예술을 끊임없이 최상으로 끌어올려야 할 의무를 말한다. 자신의 목소리는 듣지 않은 채, 남들이 원하는 예술만을 한다면 유일무이한 개성과 영혼이 표현돼야 하는 예술이라는 분야에서 정체성을 잃게 될 수 있고, 결국 대중의 흥미마저 잃을 수 있다.

세상이 원하는 것을 따라가기 전에 내가 진정으로 원하고 표현하고자 하는 것이 무엇인지 알아야 한다. 그리고 외부 요소나 찬사에 목말라하지 않고 휘둘리지도 않으며 자신의 예술에 믿음을 갖고 집중할 수 있는 정신력을 길러야 한다. 그런 후에 전문성과 대중성이 공존하는 예술을 지향해야 대중이 납득한다.

돕지 않으면
하늘만 손해다

재능이란 어떤 것을 강렬히 열망하면서 발생하는 갈망이다. 자신의 꿈을 너무나도 이루고 싶은 것이 바로 재능의 씨앗이며 그 외의 요인은 그저 땀과 노력일 뿐이다.

타고난 것들이 도움이 되는 건 사실이나 가장 중요하진 않다. 재능을 제일로 생각하는 분야인 음악을 하면서 느끼고 보고 경험한 것을 바탕으로 자신 있게 말할 수 있다.

타고난 재능이 가장 중요한 것이 아니다. 무인도에 있다고 가정해 보자. 배를 꼭 채우고 싶고 먹어야만 한다면 어떤 방법을 찾아서라도 생선을 잡고 사냥을 배울 것이다. 배는 매일 고프고 매일 먹어야 하기에, 즉 욕망이 펄떡거리기 때문에 사냥하는 방법을 매일 연구하고 연습할 것이며 결국 자연스럽게 실력은 늘 것이다.

어느 날 따뜻한 바람에 힘입어 격정적인 춤을 추는 동해의 파도를 보며 '재능이란 저런 것일까?'라는 생각이 들었다. 파도를 맞이할 것처럼 팔을 크게 벌리며 크고 작은 파도와 교감했다. 때로는 부드럽지만 때로는 으르렁거리며 용맹스럽게 전진하는 파도를 보고 있자면, 나의 목숨이 찰나의 순간에 달려 있다는 생각에 두려움과 희열감이 교차했다.

멀리서부터 달려오는 키가 아주 큰 파도가 결국 가장 힘세게 도착할 것 같은데, 가장 거대한 파도가 가장 약한 파도로 다가올 때가 대다수였다. 작아보이지만 가까이 올수록 힘이 붙어 아주 격정적으로 모래를 쳐버리는 파도도 있었다.

결국 보이지 않는 바람과 공기, 물살의 합작이 이루어 내는 물의 교향곡 같았다. 그리고 클라이맥스는 파도의 크기가 혼자서 거대하다고 만들어지는 것이 아니라, 그 주위의 물들이 함께 모여야 무게와 힘이 실리는 것이다. 보이지 않는 바람과 공기의 영향, 그리고 이 모든 것을 어우러지게 하는 '타이밍'이 중요하다는 사실이 보이기 시작했다.

아무리 나의 재능이 거대하더라도, 주변의 도움과 좋은 영향 없이는 잘해낼 수 없다. 그리고 실패했다고 생각하더라도 다시 일어설 힘! 그 힘이 사실 가장 중요하다. 항상 성공만 하는 삶을 사는 사람이 있을지는 모르겠으나, 그런 환경에서는 큰 발전을 기대하기 어렵다. 왜냐하면 진정한 발전과 성숙은 넘어진 후 다시 일어났을 때 나오기 때문이다. 한 번도 넘어지지 않는다면 두발자전거를 타는 원리를 배울 수가 없다. 넘어지고 실패하면서 그 원리를 몸으로 익히며 발전하기 때문이다.

그리고 '행운의 별', 즉 하늘의 도움 없이 순순히 돌아갈 수는 없다. 그 하늘의 도움을 가차 없이 받기 위해서는, 나의 꿈이 내가 정말 원하고 좋아하고 그 일을 하는 동안 세상에 이로운 기여를 할 수 있어야 한다. 양심이 편안하고 떳떳할 수 있기에 긍정적인 에너지가 나온다. 하늘이 돕지 않으면 하늘만 손해라고 외칠 수 있을 만큼의 떳떳함이 나오기에, 얼마든지 하늘의 도움을 요청하고 요구하며, 충분히 받을 자격이 있다고 주장하며 외치는 것이다.

밤하늘이 보이는 아무도 없는 곳에서 편안하게 누워 별을 바라본다(몸을 따뜻하게 하는 것은 필수다).

코로 천천히 숨을 들이마시고, 복부가 팽창함을 느낀다.

입으로 더욱더 천천히 숨을 내쉬고, 복부가 가라앉음을 느낀다.

복식호흡이 편안해질 때까지 자유롭게 반복한다. 그 후,

숨을 내쉬면서 행운의 별에 모든 근심과 걱정을 맡긴다.

간절하게 이루고 싶은 일을 생각한다.

그것을 이루기 위해 필요한 일을 두 부류로 나눈다.

첫째, 내가 직접 할 수 있는 것.

둘째, 나의 영역 밖인 것.

후자는 과감하게 내려놓고 행운의 별에 맡긴다.

입으로 숨을 내쉰다. 행운의 별에 나의 영역 밖인 것들을 믿고 맡긴다.

되새긴다. 나의 행운의 별은 언제나 나를 위해 내가 의식적으로는 상상도 할 수 없는 숭고한 계획을 갖고 있다. 내가 당장 할 수 있는 것에 최선을 다할 뿐 행운의 별에 모든 것을 내려놓고 믿고 맡긴다.

지금까지 이루어지지 않았던 꿈을 생각한다.
지금까지 겪었던 고난을 떠올린다.
진정한 '나 자신'을 잠시 잊을 수는 있을지언정, 어떤 식으로든 전혀 망가질 수 없는 존재다.
살면서 만나는 고난은 내가 부족하다거나 무언가 잘못되었음을 말해주는 것이 아니라, 단지 우리 자신을 되찾는 여정에서 꼭 필요한 부분일 뿐이다.
이러한 고난조차 정말 행운의 별이 주는 선물이라면, 별은 나에게 무엇을 가르치려고 했던 것일까?
(이 사실을 알면 놀라게 될 것이다. 관점을 약간만 바꿔도 큰 지혜를 발굴할 수 있다)

('행운의 별'이라는 칭호를 자신의 종교나 믿음에 따라 자유롭게 바꾼다.)

연주와 죽음

19~20세기 전설의 첼리스트 파블로 카살스는 한 연주회 당시 너무나도 많이 떨어서 손에 쥐고 있던 활이 날아가 버린 적이 있다고 한다. 20세기 가장 유명한 피아니스트 중 한 명인 아르투르 루빈스타인도 예외는 아니었다. 한평생 그렇게 많은 연주를 하며 각광받는 삶을 살았음에도 불구하고 연주하기 전에는 항상 무섭도록 큰 공포심much dreaded-terror에 떨었다고 하며, 이것이 자신의 멋진 삶을 살기 위해 치러야 하는 대가라고 했다. 현재 활동하는 마르타 아르헤리치는 어느 공연을 취소하고 싶어서 기획자에게 손가락을 다쳤다고 거짓말하고, 사실로 만들기 위해 일부러 자신의 손가락을 칼로 베어버린 적도 있다.

아무리 많은 연주 활동을 하고 무대에 선다고 하더라도, 그 두려움과 떨림을 평생 이름표 같이 달고 다니는 경우가 있다. 내가 매우 존경하는 발레리나 실비 길렘이 무대에 서기 전 벌벌 떨고 있자 전설의 발레리노 루돌프 누레예프가 이렇게 말했다고 한다. "지금 많이 떨리지? 앞으로 가면 갈수록 더할 거야."

이렇게 수없이 무대에 서는 베테랑이나 전설의 예술인들까지도 두렵게 만드는 것이 도대체 무엇일까. 가장 두려워하는 것 속에 가장 원하는 것이 공존한다. 그 두려움이 죽음이라면 역으로 살고 싶다는 것이고, 망신을 당하는 것이라면 진정으로 원하는 것은 사랑받고 인정받고 싶은 마음일 것이다. 사랑을 받고 싶어 하는 것은 인간을 포함해 생명체라면 지극히도 당연한 마음인데, 그것을 가장 위협하는 것이 바로 만인 앞에서 평가받는 일일 것이다. 그 일이 일상인 직업 중 하나가 항상 무대에서 불특정다수인 청중에게 끊임없이 평가받는 '연주자'다.

내가 초등학교 때부터 지금까지도 좋아하는 마음으로 보는 몽고메리의 작품 《빨강머리 앤》의 주인공 앤이 관중 앞에서 시 낭송을 하기에 앞서 느끼는 마음을 묘사한 대목이다.

대기실은 샬럿타운 심포니 클럽 단원으로 가득 차 있었고 그 사이에서 앤은 부끄러움과 두려움을 느꼈다. 초록지붕집에서 그토록 우아하고 화사해 보였던 드레스가 반짝이고 바스락거리는 실크와 레이스 사이에 있으니 단순하고 평범해 보였다. 옆에 있는 키도 크고 예쁜 여자의 다이아몬드 목걸이에 비하면 이 진주 목걸이는 얼마나 초라해 보일까? 또 그녀들이 머리에 꽂은 꽃에 비하면 앤의 작고 하얀 장미는 얼마나 초라해 보이는지! 앤은 모자와 재킷을 벗고 구석에서 불쌍하게 몸을 웅크렸다. 초록지붕집의 하얀 방으로 돌아가고만 싶었다.

어느새 올라간 호텔의 거대한 발표 무대에서는 상황이 더 심각했다. 조명에 눈이 어지러웠고, 향수 냄새와 웅성대는 소음에 정신을 차릴 수 없었다. (⋯)

불행히도 마침 호텔에 묵고 있던 전문 낭송가가 낭송 요청들 받아들였다. 짙은 눈동자에 가녀리게 보이는 낭송가는 달빛으로 엮은 듯 반짝이는 회색 드레스를 아름답게 차려입고 목과 머리에도 보석을 두르고 있었다. 놀랍도록 유연한 목소리와 표현력으로 수많은 청중을 사로잡았다. 앤도 그 순간만큼은 온갖 걱정을 잊은 채 눈을 반짝이며 빠져들었지만, 낭송이 끝나자 손으로 얼굴을 감쌌다. 도저히 다음 차례로 낭송을 할 수 없을 것 같았다. 어떻게 잘할 수 있다고 생각했을까? 아, 초록지붕집으로 돌아가고 싶어! 불행히도 그 순간 앤의 이름이 불렸다. (⋯) 앤은 휘청거리며 무대로 나갔다. 너무 창백해 보여서 객석의 다이애나와 제인은 긴장한 채 서로의 손을 꽉 잡았다.

무대에 서자 두려움이 앤을 압도했다. 종종 사람들 앞에서 낭송을 해본 적이 있지만, 이렇게 많은 청중을 마주한 적은 없었다. 바라보는 것만으로도 온몸이 마비되는 것 같았다. 이브닝드레스 차림의 청중도, 그들의 깐깐한 표정도, 부유하고 세련된 분위기도 모두 낯설고 눈부시고 당혹스러웠다. 친구와 이웃의 호의적인 얼굴로 가득한 토론 클럽과는 너무나 달랐다. 이들은 무자비한 비평가처럼 보였다. 아마도 하얀 레이스 소녀처럼 앤이 '촌스럽게' 애쓰는 모습을 기대하고 있는지도 몰랐다. 앤은 걷잡을 수 없을 만큼 부끄럽고 비참했다. 무릎은 후들후들, 심장은 두근댔다. 당장이라도 쓰러질 것 같은 기분에 한마디도 할 수 없었고, 평생 굴욕감에 시달리더라도 당장 무대에서 달아나고만 싶었다.

우리 두뇌에서 이성과 논리를 담당하는 '이성의 뇌'의 영역이 있다는 것은 많이 알려진 사실이다. 그런데 분노, 증오, 슬픔, 절망, 탐욕, 공포, 불안함, 폭발 등의 원시적인 감정을 담당하는 '아미그달라amygdala'라고 불리는, 다른 영역의 뇌 부분이 있다. 두뇌학자들을 아미그달라를 '원시적 뇌'라고도 한다. 두뇌 속에 아몬드 크기만 하게 존재하는 이 부위는 실제로 이름도 아몬드에서 비롯되어 '아미그달라'라고 지어졌다. 우리의 감정을 조절하는 아미그달라는 조금이라도 자신을 위협하는 것이 있으면 보호본능을 일으키며 위에 언급한 감정들을 사용하여 경고의 사이렌을 울린다.

만약 아미그달라가 제 기능을 하지 못할 경우 우리는 불도, 총도, 벼랑 끝에서 거리낌 없이 뛰어놀아도 무서워하지 않을 정도로 자기 생존에 대해 무감각해진다. 아미그달라의 모양은 동물이나 사람이나 거의 비슷하게 생겼다고 하는데, 실제로 동물실험에서 쥐의 아미그달라를 제거하면 고양이를 무서워하지 않고 거리낌 없이 주변을 맴돌며, 개구리도 뱀을 전혀 아랑곳하지 않게 된다.

문제는 오로지 '나'밖에 모르고 모든 게 '나'를 중심으로 돌아가는 아미그달라는 조금이라도 자기 마음에 들지 않거나 안전하지 못하다는 판단이 들면 지레 겁을 먹고 두려움, 공포 등의 감정으로 사이렌을 울린다는 것이다.

예를 들면 우리가 홀로 많은 사람 앞에 서 있을 때 공포의 사이렌을 울리며 생존 본능을 일으키는데, 진화생물학자들의 의견에 따르면 기억과 경험으로 학습되고 유전적으로 영향을 받는 아미그달라는 많은 시선 앞에 홀로 서 있는 것을 포식자에게 쉽게 노출이 될 수 있는 연약한 상황이라고 판단하고, 무리에게 외면당했을 때 느끼는 원시적인 두려움에 휩싸인다고 한다. 왜냐하면 원시시대에는 소속된 무리에서 외면당하는 것이 곧 무서운 포식동물에 연약하게 노출되는 것과 다름없는 위험한 상황이었기 때문이다. 이렇게 아미그달라는 우리가 관중 앞에 동떨어져 있을 때 이것이 목숨이 위협될 수 있는 상황이라고 착각해 원시적인 두려움, 또는 무대 공포증을 경험하는 것이다.

실제로 많은 관중 앞에 서서 홀로 노출되는 상황을 마주해야 하는 발표자나 퍼포머에게는 그 무대에서 어떤 퍼포먼스가 펼쳐지느냐에 따라 또 다른 초대나 이벤트로 이어지거나 혹평을 받고 커리어가 중단될 수도 있는 상황이기에 생존 본능을 일으키는 아미그달라가 사이렌을 울리지 않을 수 없다.

심지어 명성이 높을수록 청중의 기대는 높아지고, 예술에 대한 가치와 이상이 높은 예술인일수록 추구하는 것에 가까워지기란 어려운 노릇이다.

우리는 굳이 수천 명의 청중 앞이 아니더라도, 소수의 관중 앞에 서는 것만으로도 매우 심한 중압감이나 공포심까지 느낄 수 있다. 웃음거리나 놀림거리가 되고, 혹은 인정받지 못할 수 있다는 마음에서다. 수능시험을 앞둔 학생들은 하루하루가 부담감과 긴장감으로 가득 차 있다. 수능 당일에는 또 얼마나 두려운가. 단 하루에 자신의 모든 미래가 달려 있다고 생각하면 긴장해서 하지 않던 실수를 할 수도 있고, 제 실력이 나오지 않을까, 갑자기 머리가 하얗게 되지는 않을까 등 걱정이 이만저만이 아닐 것이다.

앞서 언급한 예술인들의 삶 안에 그토록 큰 부담감이 존재하는 이유는, 모든 공연 하나하나에 정말로 이들의 미래가 달려 있기 때문이다. 특히 명성이 높을수록 그 책임감과 스트레스도 상승하는데, 만약 자신의 기대에 못 미치는 경우에는 이루 말할 수 없는 자책에 시달리게 되고, 팬들까지 실망할 수 있다는 생각 하나만으로도 머리를 쥐어짜게 된다. 이러한 종류의 부담감과 두려움을 일상적으로 마주하는 게 연주자의 삶이다.

그래서 아무리 오랜 시간 활동을 한 음악인이라도 연주하다가 중간에 잊어버릴까, 잘 알던 부분도 잠시 정신줄을 놓을까, 갑자기 찰나의 생각에 흐름이 끊어질까 두려워한다. 안전장치 역할을 하는 악보를 보고 연주하는 경우가 수두룩하고, 30에서 40년이 넘도록 끈질기게 똑같은 곡, 똑같은 작곡가의 작품을 연주하고 자신에게 가장 익숙한 레퍼토리만 하는 경우도 대다수다. 많은 관중 앞에서 아직 익숙하지 않은 새로운 곡을 암보로 연주할 경우 아무리 긴 커리어를 가졌다고 해도 곧바로 초보자로 돌아가기 때문이다. 초심을 갖고 새로움을 시도하는 예술인은 극히 드물고도 드물다.

무대 공포증이란 원시적인 위협일 수도 있고 보호본능과 생존본능일 수도 있다. 확실한 것은, 천국과 지옥을 경험하게 하는 무대에서 예술인은 매번 무에서 유를 만들어 내며 삶과 죽음의 갈림길에서 창작의 작두를 탄다. 비판의 대상이 되어 존엄성을 잃든, 영웅이 되어 하늘로 승천하든, 모든 것을 떠안고 감내하며 사는 것이다. 연주와 죽음은 이렇듯 아주 밀접한 관계에 놓여 있다.

스트라빈스키가 "흑백의 오케스트라"라고 불렀을 만큼 피아노는 가장 완전한 악기다. '악기의 왕'이라고도 하는 피아노는 그만큼 한 인간의 몸과 정신을 담아 전 인생 동안 연구해도 모자를 정도로 어렵다.

솔리스트는 반주자나 동료 없이 그야말로 혼자서 수백 명, 많게는 수천 명의 관객을 마주해야 한다. 소중한 시간을 내 큰 기대를 하고 왔을 관객에게 그만큼의 감동과 아름다움을 선사해야 한다는 막대한 책임감으로 오롯이 홀로 감내해야 한다.

연주라는 것이 그토록 어려운 이유는 바로 '음악은 시간의 예술'이라는 점에 있다. 자기가 원하는 만큼 완성해 세상에 내놓거나 끊임없이 수정할 수 있는 분야의 예술보다 음악 연주는 같은 작품을 한평생 연습했다 하더라도 무대 위에서는 모든 것을 처음부터 다시 보여주고 끊임없이 재창조해내야 한다.

영혼과 육체, 시간, 감정, 이성, 무의식의 치열한 투쟁 끝에 모든 것을 다 바친다. 컨디션이 좋든 나쁘든, 악기가 마음에 들든 안 들든, 음향이 좋든 안 좋든 최대한 이상에 접근해야 하고, 음악을 무에서 유로 다시 만들어 내 감동을 선사해야 한다. 그리고 자신이 백만 번 반복했던 그 실력을 넘어서 공연 당일에는 '영감'을 받아들일 마음의 준비를 해야 한다. 우리를 어떻게, 어디로, 어떤 차원으로 데리고 갈지 미리 알 수 없는 그 신비의 세계에 허락되기 위해서는 끊임없는 반복을 통해 곡을 흡수해 모든 음표가 몸의 세포로 자리 잡아야 한다.

무심히 연주해도, 눈감고 비몽사몽인 상태에서 연주해도 모든 음표가 뚜렷하게 그려질 때까지 준비할 때 비로소 무대 위에서 찬란한 자유가 허락된다. 그 후 멈추지 않는 발전을 위해서는 익숙한 곡을 연주할 때 느껴지는 편안함을 만끽하는 데서 그치지 않고 다시 초보자가 되어 곧바로 새로운 레퍼토리에 도전해 생소함과 불편함을 느끼며 훌쩍 성장하는 것을 반복해야 한다.

피아노는 들고 다닐 수가 없는 악기라 해당 공연장에 있는 피아노를 연주해야 한다. 새로운 무대의 낯선 환경과 홀의 음향을 파악하는 일도 중요하지만, 악기에 적응하는 시간이 절대적으로 많이 필요하다. 악기마다 성격이 너무나도 다르기 때문이다. 온 힘을 다해 연주하면 배로 돌려주는 악기는 매우 드물다.

처음 만나는 생소한 악기인 만큼 내 실력의 반도 안 나오거나, 소리가 둔탁하거나, 메마르거나, 고음이 잘 안 나거나, 저음이 웅장하지 않다거나, 건반이 너무 무겁고 고급스러운 소리가 나지 않는 등 다양한 걸림돌이 발생한다. 내 악기를 쓸 수 없는 환경에서 어처구니없는 상황이 빈번하게 일어나는 것이다. 수많은 시간을 함께하며 한 몸같이 익숙해진 악기를 언제든지 들고 다닐 수 있는 가벼운 악기를 연주하는 음악가들이 정말 부러울 따름이다.

피아니스트-솔리스트라는 직업은 1년 365일 내내 홀로 보내는 일이 대부분이다. 공항-비행기-택시-호텔을 반복하는 삶을 살다 보면 공항을 집처럼 생각할 만큼 시간을 많이 보내는 장소가 된다. 철저히 홀로 움직이고, 그러다가 갑자기 수백 명에서 수천 명의 관중 앞에 섰다가, 다시 혼자가 되었다가, 어쩌다 집에 오면 짐을 풀며 숨 좀 고르고 곧바로 다른 곳으로 가기 위해 짐을 싸야 한다. 낯선 공간의 연속이다. 앞으로 다가올 연주에 대해 오로지 혼자 감내하고, 처음 보는 공연장의 관계자들과 인사를 나누자마자 무대 위에서 몇 시간 동안 새로운 악기, 환경, 음향과 때로는 싸우기도, 때로는 협상하기도 한다.

환경이 좋지 않을 경우 과연 무사히 공연을 마칠 수 있을까, 수많은 청중에게 감동을 선사할 수 있을까, 기대에 미칠 수 있을까 오만 가지 걱정을 한다. 만감이 교차하는 시간을 보낸 후 지친 몸을 끌고 호텔로 돌아와 내일 다가올 공연에 대한 나의 준비상태에 따라서 절망에 사로잡혀 구슬프게 신음할 수도 있고 아주 운이 좋다면 어느 정도의 숙면을 할 수 있을 것이다.

공연을 끝내고 자신이 기대했던 만큼 흡족하지 않았을 경우, 자아의 소멸을 경험하게 되고, 만약 큰 환호를 받았다고 하더라도 무대 위에서 전개되었던 음표가 머릿속을 끊임없이 회오리치고 수만 가지 파트를 되뇌며 검토하면서 자책하는 시간을 반복한다.

성공적인 공연이었고, 찬사가 끊이지 않았다 하더라도 다시 정적이 흐르는 호텔로 돌아와 롤러코스터 같은 흥분을 가라앉히기가 쉽지만은 않다. 심하면 극한의 외로움을 느낄 수도 있다. 무대에 서는 많은 예술인이나 엔터테인먼트에 종사하는 사람은 너무나도 큰 환호와 갈채를 받은 후 혼자가 되었을 때의 공허함과 스트레스를 외부적인 것에 의존하며 견디기보다는, 그 시간을 더없이 소중한 휴식과 성찰의 시간으로 승화시켜야 한다.

전설의 예술인들은 이러한 두려움을 감안하면서까지 자기의 예술을 끝까지 관객과 나누었다. '예술'이 형용할 수 없는 아름다움을 무한하게 뿜어내는 '펼침의 장'이기에, 그 예술로 많은 사람의 심금이 깊게 울리고 큰 감동을 준다면 평생 감사하는 마음으로 감내해야 하는 삶임이 분명하다.

연주와 빛

같은 시공간에서 수많은 사람이 숨죽인 채 온 신경을 자신에게만 집중한다는 것. 어떻게 보면 아찔할 정도로 큰 부담감과 책임감이 느껴지는 어려운 일이다. 하지만 사명감과 함께 반드시 전달하고 싶은 메시지가 있는가? 잠도 못 이룰 정도로 너무나도 사랑하는 음악이 있는가? 그렇다면 이야기가 달라진다. 사랑과 아름다움을 표현하는 이가 대중 앞에 선다는 것은 그야말로 위대한 빛을 전하는 엄청난 사건이 될 수 있다.

어떤 것에 대한 갈망이 자신의 두려움을 초월할 정도로 강렬하다면 전체의 이로움을 위해 '나'라는 개인 하나가 느끼는 어려움과 두려움을 충분히 이겨낼 수 있는 에너지가 나온다.

굳이 큰 무대에 서는 일이 아니더라고 평상시에 스트레스나 긴장감, 공황발작 panic attack을 느끼는 순간에도 도움이 될 수 있는 개인적인 팁을 공유하고자 한다. 힘든 상황에 맞닥뜨렸을 때 하는 것도 좋지만 평상시에 습관적으로 실천하면 긴장되는 상황이 왔을 때 훨씬 더 편안하고 수월하게 넘어갈 수 있을 것이다.

아홉 가지 팁을 공유하기에 앞서 스트레스 호르몬인 아드레날린을 자세히 살펴보자.

▪ 아드레날린 활용하기

1982년에 차 수리를 하던 한 청년이 받침대가 부러지면서 차 밑으로 깔리는 사건이 일어났다. 그 광경을 본 50대의 어머니는 이웃에게 도움을 청하러 갔다가 사람들이 오기 전에 홀로 1500킬로그램가량 되는 GM의 1964년형 쉐보레 임팔라를 들어 올렸고, 경악한 이웃들은 그 밑에 깔려 있던 아들을 구했다. 이는 전 세계 신문과 뉴스에 나왔던 실제 사건이다.

우리가 스트레스를 받을 때 아드레날린이 분비되는데, 이 호르몬은 사실 생존을 위한 아주 중요한 요소로 신체적 기능을 향상하는 힘이 있다. 예를 들어 호랑이에게 쫓기는 것과 같이 생존에 위협을 느끼는 상황에서 아드레날린이 뿜어져 나와 위험에서 벗어날 수도 있다. 달리기 능력과 시각이나 청각, 순발력을 향상하는가 하면 순간적으로 힘을 더 세지게 하고 신체적 고통을 덜 느끼도록 만드는 힘을 갖고 있다. 당장 목숨을 건지는 데 필요하지 않은 면역체계는 중단시키고 그 외에 생존에 필요한 기능을 한순간에 향상하는 아드레날린을 잘 활용한다면 역으로 우리의 강력한 편으로 만들 수 있다.

빗나간 음은
실패가 아니다

불안함을 극복하기 위하여 안정제 같은 약물을 복용하는 방법도 있지만, 외부 물질에 의지하거나 중독성이 강한 것에 의존하기보다는 스스로의 몸과 정신을 다스리고 관리하는 방향으로 노력하는 것도 자유로운 삶을 사는 데 큰 몫을 할 것이다. 큰 압박감과 긴장감, 스트레스, 혹은 불안과 초조함으로부터 지금까지 나를 자유롭게 해주었던 아홉 가지 방법을 공유한다.

1. 복식호흡

천천히, 크게 복식호흡을 하는 것만으로도 즉시 큰 효과를 볼 수 있다. 넓고 깊은 호흡만 해도 아미그달라의 활동이 현저하게 줄어든다.

코로 천천히 숨을 들이마시고, 복부가 팽창함을 느낀다.
입으로 더욱더 천천히 숨을 내쉬고, 복부가 가라앉음을 느낀다.

너무 간단하다고 생각하는가. 하지만 분노나 압박, 큰 긴장을
느낄 때 상상을 초월하는 효과를 볼 수 있는 탁월한 방법이다.
나는 무대에 올라가기 전에 항상 크게 세 번 복식호흡을 한다.

천방지축에 화가 많이 쌓여 있던 열네 살의 나는 특히 피아노
를 연습할 때 화가 많이 났다. 원하는 소리가 나지 않을 때면 곧
바로 분노와 짜증이 치밀었다. 머릿속의 이상은 한없이 높기만
한데, 아직 완성되지 않은 테크닉으로 표현하려니 한계가 느껴
져 이루 말할 수 없이 답답하던 때였다. 피아노를 하면서 악기
로 인해 가장 힘들고 우울했던 시기였다.

그러던 어느 날 가만히 앉아서 멍하니 창문만 응시하던 중에
숨은 쉬고 있지만 굉장히 답답하게 쉬고 있다는 것을 스스로 깨
달았다. 가슴 쪽으로 다급하게 숨을 쉬고 있는데, 도저히 그 답
답함은 사라지지 않았고, 그것이 가쁜 숨에서 오는 것인지, 마
음에서 오는 것인지 헷갈릴 정도로 숨 자체에서 갑갑함이 느껴
졌다. 평상시에 얼마나 긴장하면서 살았던지 숨을 들이 쉴 때마

다 경직된 목이 어깨 사이로 거의 숨어버릴 정도였다. 어깨가 귀까지 올라간 상태로 가쁘게 숨을 쉬며 사는 열네 살이라니, 참 가엾을 따름이다.

그러던 나에게 니르바나nirvana, 열반에 도달했을 때 느낄 법한 혁명이 일어났다. 무심코 일어난 일이 내 인생을 완전히 바꿀 만큼 엄청난 순간이었다. 그야말로 '그냥' '갑자기' 배로 숨을 쉬고 싶다고 생각했던 것이다. 처음에는 정말 어려웠던 기억이 난다. 도무지 배로 어떻게 숨을 쉬어야 하는지 모르겠고, 가슴이 헐떡이기만 하고, 쉬어지지 않아서 큰 오기가 생겼다. 그런데 될 때까지 계속 반복하다 보니 희한한 현상이 느껴지기 시작했다. 마음에 응어리같이 차 있던 분노가 서서히 그것도 사르르 풀리는 게 아닌가. 너무나도 편안하고 평온해지는 것을 몸소 체험하고 배로 숨을 쉬는 게 이토록 좋다는 것을 스스로 깨쳤다. 그 후 평상시에도 생각만 나면 배로 호흡하려 노력했고, 그러다 보니 자연스럽게 항상 복식호흡을 하고 있다.

실제로 매일 만 번 이상 하는 '숨쉬기 운동'을 잘만 해도 우리의 건강과 삶의 질이 크게 달라질 수 있다. 복식호흡이 건강과 정신에 좋다는 것은 수많은 연구와 기사자료와 체험담으로 입증됐는데, 장운동과 더불어 스트레스, 콜레스테롤, 체지방 감소와 불면증, 우울증, 불안장애, 고혈압 등의 개선에 도움을 주면서 건강수명을 늘리는 데 이바지한다.

가슴으로 숨을 쉴 때보다 복식호흡을 할 때 서너 배, 많게는 다섯 배 정도의 더 많은 산소가 체내로 들어와 폐 기능이 좋아지고, 호흡기 질환 예방에도 도움이 되며, 산소를 뇌로 많이 보내기에 정신이 맑아진다고 한다.

2. 스트레칭

근육이 경직될 때 아미그달라의 활동이 더 활발해지기에 스트레칭으로 근육을 이완하는 것도 아미그달라를 달래는 데 큰 도움이 된다. 또한 복식호흡을 하면 근육 긴장도가 세 배 이하로 떨어지는 효과를 볼 수 있다. 아주 쉽고, 간단하게, 무료로, 그리고 곧바로 아미그달라를 진정시키고 스트레스를 해소하며 평온해질 수 있다. 신기하게도 우리는 긴장되는 이벤트를 앞둔 상황에서 자연스럽게 가벼운 스트레칭을 하거나 기지개를 켜곤 한다. 나 또한 무대에 서기 전에 항상 습관처럼 스트레칭으로 몸을 이완시킨다.

3. 긴장감을 설렘으로 변화시키기

우선 긴장하고 스트레스를 받는 것이 꼭 나쁜 것만은 아니라는 것을 알면 도움이 된다. 두 종류의 스트레스를 구분할 수 있는데, 하나는 준비가 잘 안돼서 생기는 '두려움'이다. 이런 스트레스는 우리의 부족함을 인지시키고 일깨워 더욱더 분발하게 한다. 이런 경우에 답은 하나밖에 없다. 연습, 반복, 준비를 철저히 하는 것이다. 새벽 세 시에 흔들어 깨우더라도 벌떡 일어나 문제없이 실행할 수 정도로 만반의 준비를 하는 것이 가장 기본적인 스텝이다. 그리고 많든 적든, 지인이든 생판 모르는 사람들이든 최대한 사람들 앞에서 리허설을 해볼 기회를 만들어 준비하는 것은 분명 크나큰 도움이 된다.

다른 종류의 스트레스는 '긴장감'이다. 아무리 준비가 잘 되고 경험이 많아도 사람들 앞에 섰을 때 긴장하는 것은 지극히 당연하고 자연스럽다. 그런데 흥미로운 점은, 그 감정을 설렘이라고 스스로에게 말하는 순간 긴장감이 낯선 침입자가 아니라 기대감과 두근거림을 느끼게 해주는 친구로 느끼기 시작할 것이다. 이 발상의 전환이 훨씬 흥미롭고 재미있는 경험으로 만들 것이다.

4. 아미그달라에게 말을 걸기

아미그달라는 홀로 많은 관중 앞에 동떨어져 있을 때 포식자에게 노출된 위험한 상황이라고 착각해 원시적인 두려움을 느낀다고 앞서 언급했는데, 큰 시험을 앞두고 있다거나, 중요한 발표를 앞두고 있거나, 사람들 앞에서 스피치나 연주를 해야 하거나, 그 외에 중요한 이벤트를 앞두고 있거나, 혹은 영문도 알 수 없는 큰 불안과 초조함을 느낀다면 이렇게 해보자. 여섯 살 아이처럼 잔뜩 겁을 먹고 생존의 사이렌을 울리는 아미그달라를 삼인칭화해 말을 건네보는 것이다.

지금은 위험한 상황이 아니고 너는 나와 함께 안전하니 걱정하지 말라고, 편안하게 있어도 된다고 말이다. 같은 상황이 올 때마다 안전하다고 인식을 시키면 학습을 통해 같은 환경에 대한 경계심이 풀리며 아미그달라의 활동이 줄어든다.

5. 수면을 충분히 취하기

현대사회에서는 잠에 들기 어렵게 하는 자극적인 여러 요소가 있지만 유혹을 뿌리치고 먼저 잠을 잘 자야 한다. 깨어 있을 때 배웠던 것들을 정리하고 뇌와 몸으로 흡수하는 시간이 바로 수면시간 동안에 일어나기 때문에 잠은 반드시 꼭 잘 자야만 한다. 수면 시간은 우리의 상상력과 무의식의 세계가 가장 활발하게 활동하는 적기다. 창의력과 창작적인 활동을 마음껏 펼치기 위해서는 충분한 수면이 절대적으로 필요하다.

특히 잠이 부족할 때 아미그달라는 가장 예민하게 반응하고 활동한다고 한다. 중요한 이벤트가 있으면 있을수록 오히려 더 편안한 휴식을 취하고 잠을 자도록 노력하자.

6. 일찍 도착하기

당연하고 간단할 수 있지만 가장 중요한 부분이기도 하다. 그렇지 않아도 굉장한 압박감과 스트레스를 받는 일에, 심지어 서두르기까지 한다면 급한 마음에 불안과 초조함까지 더해져 막심한 스트레스를 받을 수 있다. 당일에 스트레스 요소를 최소한으로 줄이자.

7. 포커스를 '상대'에게 맞추기

만인 앞에서 무언가 잘못해 부정적으로 평가받고 웃음거리가 되는 것만큼 무시무시하고 그럴싸한 시나리오가 있을까. 하지만 이런 생각은 너무 자신에게만 집중할 때 생기는 두려움이다. 나의 경우, 청중에게 집중하고, 아름다운 음악과 중요한 메시지를 전달하려 노력한다. 귀한 시간을 내 나를 보러 온 청중에게 최선을 다하고, 내가 스타가 아니라 음악이 스타라는 것을 알면 떨림이 현저하게 줄어든다. 나에 대한 칭찬보다 내가 연주한 그 음악의 아름다움에 대한 청중의 칭찬이 나에게는 더 없이 소중하다. '나'라는 개인보다는 훨씬 더 광범위한 곳에 집중되면서, '나'의 문제가 덜 심각하게 느껴지고, 전달해야 하는 메시지나 숭고한 아름다움 같은, 개인을 능가하고 초월하는 큰 사명감에 집중하게 된다. 내가 중간 역할을 하는 '메신저'라고 생각하면 나라는 에고ego가 사라지고, 순수한 메시지만 남아 자유로운 상태를 만끽할 수 있다.

나는 2008년부터 지금까지 독주회로 무대에 설 때마다 직접 디자인한 연주복 하나만을 입고 있다. 상·하의 모두 색상이 블랙이고 그 어디에도 걸리지 않고 불편하지도 않은 편안한 의상을 만들었다. 남성 연주자는 무대에서 항상 같은 검은 양복을 입는데 왜 여성 연주자는 꼭 신체 부위가 다 드러나고 두드러지는 의상을 입어야 하는지 의문이었다. 특히 무대 위에서는 내가 주인공이 아니라 음악이 주인공이고 작곡가에게 하이라이트가 비춰야 한다고 생각하는데, 내 의상은 그런 생각을 잘 반영한

2000년에 한 연주복 스케치.
당시에도 이미 자유로운 연주복을 디자인해 놓았다.

〈피아노와 연주복〉, 2000

다. 특이한 점은 호화찬란한 아름다운 의상이 무대 위를 주도하다 보니, 더할 나위 없이 간편하고 심플한 나의 블랙 의상을 사람들은 특이하고 신기하다고 말한다.

만약 사람들 앞에 선 순간 '그들이 이제부터 나를 평가하겠군'이라는 생각이 든다면, 뇌에 이렇게 명령해 보자. "아미그달라야. 나에게 포커스가 맞춰져 있는 시간이 아니야. 음악(혹은 발표나 중요한 퍼포먼스)이 주인공이고 청중에게 집중해야 해. 청중이 음악으로 힐링하고 감동의 전율을 느끼기 위한 시간이야"라고 하면 '개인'에 집중된 걱정이 좀 더 사라질 것이다.

공연을 기획하고 준비하면서 나는 묻는다.
'청중이 왜 왔을까', '무엇을 추구하는가', '무엇을 필요로 하는가', '나는 이 음악을 통해 어떤 것을 전하고 싶은가.'

답은 공연마다, 환경에 따라 달라진다. 본질은 변함없다.

승화, 아름다움, 전율, 감동, 행복, 치유, 본질적인 탐구, 사랑, 자신감, 유일무이함, 전무후무함, 평등함, 특별함, 개성 등 내 연주로 이 모든 것을 전하고자 한다.

시간의 개념조차 사라질 정도로 행복할 때를 살펴보면 어떤 것이나 행위에 깊이 심취해 있어 스스로를 더 이상 의식하지 않게 된다. 존재조차 망각할 정도로 지극히 현재를 숨 쉬는 순간이다. 그때는 자신이 행복한지 혹은 불행한지조차 신경 쓰지 않는다. 훗날 그 순간을 다시 돌아보았을 때 얼마나 행복했었는지 알아차린다. 가장 흔한 예가 즐거웠던 어린 시절의 순간들을 떠올릴 때가 아닐까.

8. 감사함을 느끼기

내가 이 무대 위에, 혹은 이 자리에 있을 수 있는 것은 나 혼자 잘나서가 아니라 많은 이들의 이바지가 있었다는 것을 알아차리는 것이다. 많은 이들의 노고 덕분에 이 기회가 주어진 것을 되새기는 순간 존재는 감사함으로 충만하게 차오른다.

무대 위에서 음악을 전달하는 것은 오롯이 '나'지만 무대를 만드는 건 절대 혼자가 아니다. 지금 당장 가장 가까운 내 주변 사람들만 살펴보아도 기획자, 실무자, 조명감독, 무대감독, 조율사, 하우스매니저, 아름다운 음악을 작곡한 예술인, 나를 신뢰하고 경청하러 와 준 청중, 나를 가르쳐 준 스승, 나를 낳아준 부모님 및 수많은 이들 덕분에 이 순간이 가능한 것이다. 이렇게 아름다운 예술을 할 수 있는 것만으로도 너무나 아름다운 감사함을 잊어서는 안 된다. 이 큰 감사함은 어떤 실패나 수치심도 겸허하게 받아들이게 한다.

시야를 확장해 세상 전체를 두루두루 살펴본다면 '나'라는 존재는 그저 모든 것들 덕분에 살아가고 있다는 것을 마음 깊숙이 느낀다.

실제로 우리는 감사하는 순간 매우 큰 효과를 본다. 성격이 더욱 낙천적으로 변하고, 삶에서 더 큰 행복감을 느끼며, 활력이 넘치고, 시야가 넓어지고, 겸손해지고, 마음의 여유가 생기고, 자신감이 차오르고, 더 관대해지면서 원망하는 마음이 줄어든다. 더불어 외롭거나 우울한 생각 또한 줄어든다.

9. 믿고 맡기고 내려놓기

마지막으로 우리가 할 수 있는 노력을 다한 후에는 더 이상 집착하지 않고 편안하게 마음을 내려놓는다. 어차피 할 수 있는 것은 다 했으니 더 이상 결과에 집착하지 않는다. 새옹지마 정신을 생각하면 내려놓는 과정이 더 쉬워진다. 끝에 다다라서는 결과가 어떻게 나오든 결국 모든 게 잘될 것이라는 믿음을 갖도록 노력한다. 그리고 모든 이들에게 사랑받기를 원하는 마음은 지극히 자연스러운 것이지만 사실 그건 하나의 모순에 불과하다. 예수님과 부처님조차 모든 이의 사랑을 받지 못하고 있듯 빈틈없는 사랑을 받기 원하는 것은 애당초 불필요한 일이다.

지금까지 아미그달라를 잘 다루는 아홉 가지 노하우를 살펴보았다. 그런데 이보다 훨씬 중요한 것이 하나 있다. 바로 '만반의 준비'다. 만약 준비되지 않은 상태에서 실천해 봤자 절대 불안감을 떨쳐낼 수 없을 것이다. 나의 준비된 상태는 오로지 스스로만 알기 때문이다. 준비가 잘 될수록 불안감은 줄어든다.

우리가 스스로에게 몰두하는 이유는 잘해야 한다는 압박감 때문이라는 이유도 존재한다. 나는 '실수'나 '실패'라는 개념에 대한 인식의 전환이 일어나야 한다고 주장한다. 실수를 너무 부정적으로 바라보는 것을 멈추고, 곧바로 죄나 실패라고 생각할 정도로 심각하게 판단하고 나무라지 말자. 물론 타인에게 큰 피해를 주는 행동을 해서는 안 되겠지만, 소소한 실수를 보고 그 사람을 바로 평가한다던가 나무라지 말자. 세상에 이유 없는 실패는 없다. 실패는 그저 일을 진행하는 과정일 뿐이고 많은 것을 배우는 과정일 뿐이다.

"나는 실패한 적이 없다. 다만 작동하지 않는 1만 가지 방법을 찾

왔을 뿐이다."

— 토머스 에디슨, 발명가

'실패'라는 단어가 문제 아닐까. 우리는 실패라고 부르지 말고 '성공의 첫걸음', 두 번째 실패를 '성공의 두 번째 걸음'이라고 부르면 어떨까. 심지어 실패나 불행이라고 생각했던 일 덕분에 상상하지 못한 기회로 이어지거나 전환되는 경우도 있다. 실제로 큰 성공을 거둔 인물을 보면 큰 가난이나 불행을 겪었거나, 그 과정을 통해 보통의 평탄한 삶에서는 나올 수 없는 위대한 힘을 발휘해 인생이 크게 역전했다.

우리는 실패나 실수를 좀 더 관대하게 바라볼 필요가 있다. 오히려 두려워하거나 무서워하지 않고, 시도하고 도전할 수 있도록 서로 응원하고 기운을 북돋아 줘야 한다.

무대 위의 피아노 연주자를 보며 언제 틀리나, 안 틀리나 긴장한 채 지켜보고 그것을 점수 매기며 만인이 열광하는 상황은, 마치 고대 그리스의 아레나에서 코뿔소 두 마리를 싸움을 붙여 놓고 원으로 둘러앉아 수많은 관중이 열광하고 내기하는 것과 무엇이 다를까. 그리고 그런 상황에서 압박감을 느끼지 않을 음악인, 아니 떨지 않는 사람이 있을까. 자신을 심판하려 쳐다보고 있는 만인의 눈길을 견디면서 오로지 아름다움과 영혼의 표현에만 집중하는 것이 과연 가능할까. 가능하다 할지언정 그것을 요구하는 것이 바람직할까.

나는 음악 세계에서 오롯한 아름다움과 영혼의 표현에만 집중하는 것을 느낄 때가 종종 있다. 바로 작곡가가 직접 연주한 레코딩을 들을 때다. 본인이 작곡한 곡을 스스로 연주해서인지 스피커 넘어서까지 편안함이 느껴진다. 여기저기 조금씩 틀리는 것은 전혀 개의치 않고, 오히려 빗나간 그 음이 더욱 매력적으로 다가오는데 그 누구의 눈치도 보지 않고 오직 음악의 서사에만 신경 쓰는 게 고스란히 느껴진다. 그 누구에게도 비난받지 않으려 완벽하게 연주하는 것도, 좋은 평가를 받으려는 것이 아니고 오로지 개인의 마음속 깊은 곳의 영혼의 소리를 내는 것이 핵심인 게 느껴진다.

비유하자면 어떠한 비장한 메시지를 반드시 전달해야만 하는 사람이 목소리에만 신경을 쓰는 것이 아니라, 핵심 메시지에 집중하며 사명감 있고 설득력 있게 스피치하는 것을 볼 때 느껴지는 연주라고 할 수 있다.

어느 누구를 인정하기 위해 대결하고 등수를 매기는 다소 유치한 방법은 어렸을 때 몇 번 경험할 만하다(사실 개인적으로는 정말 추천하지 않는다). 어느 선에서부터는 한 사람의 발자취를 좀 더 온전하고 넓게 보는 시각이 보편화되었으면 한다. 예를 들어 수학자의 업적을 인정하는 동시에 발전 가능성을 보고 상을 주는 필즈상 같은 게 음악계에도 자주 등장했으면 한다. 한 사람의 가치를 누군가와 비교하고 대결시켜서 발견하는 것이 아니라, 지금까지 걸어온 길과 그가 세상에 기여한 업적을 인정하는 시스템 말이다.

나의 삶을 돌아보면, 내가 보고 듣고 느끼는 모든 게 내 예술의 양식이 되었다. 아니, 결국 음악을 위해 감탄하고 놀라고 느끼고 경험했다고 해야 할까.

눈에 보이는 풍경, 사람들의 표정과 행동, 고양이의 유연함, 날카로운 손짓발짓조차 나의 피아노 테크닉과 음악적 상상으로 이어지고, 뜨거운 물에 덴 나의 입술, 반사적으로 피하는 모션, 달콤한 아이스크림, 길거리에서 지나친 어린 소녀의 미소, 분함을 표출하는 가게 상인, 사랑의 절대적임, 태연하게 사라지는 노을, 남겨진 아쉬움. 모든 것이 나의 음악 속에 담긴다.

작곡가가 누구인지도 모른 채 음악과 사랑에 빠져 연주하고 또 연주한다. 나중에야 이렇게 위대한 음악을 만든 이는 도대체 누구일까, 궁금함을 견디지 못해 그에 관한 모든 것을 찾아본다. 그리고 그가 느꼈던 감정과 하나 되어 함께 숨 쉰다. 그의 예술을 흡수하고 그의 삶에 흠뻑 빠져들어 예순이 넘은 할아버지가 되어보고 광기 어린 십 대도 되어본다.

　하지만 무대에 들어가는 순간 그 모든 것을 잊는다. 작곡가와 나 자신, 그리고 관객의 성별, 국적, 종교, 전통, 유행, 성격 등 모두 놓아버린다. 아니, 자유로워진다고 해야 할까. 음악의 울림, 그리고 우리의 마음. 그 외의 것은 악보 위의 음표들처럼 의미를 상실하며 사라져 버린다.

　악보에는 작곡가 마음의 5분의 1도 표현되어 있지 않다. 작곡이란 음악 기호들을 사용해서 아이디어나 마음을 적기에 그 음표들은 사실 기호라는 한계에 갇혀 있다. 음표와 음표 사이, 그리고 음표 뒤를 읽어 더 넓은 우주와 작곡가의 마음, 한 인간의 마음을 읽는 것이다. 마음이 곧 우주고 우주가 곧 마음이다.

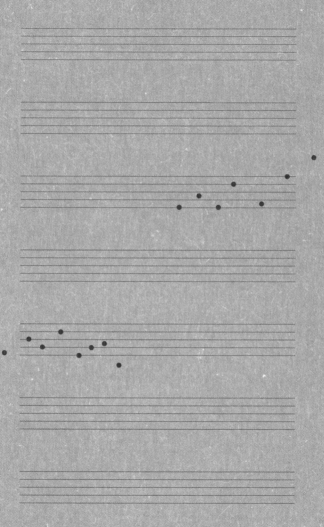

PART 3

혼들리지 않는 나만의 길

숭고함, 본질, 아름다움

20대의 나는 한 사회인으로의 역할이 무엇인지 질문하기 시작했다. 그 당시까지만 해도 나는 앞뒤를 보지 않고 오로지 음악이라는 명확한 꿈을 안고, 끊임없이 달렸다. 그리고 세상이 요구하는 음악가로서의 성공(대형 음반사, 대형 기획사와의 전속 계약, 전 세계적인 연주 활동 등)을 이루었지만, 그것은 내게 개인적인 성공일 뿐이었다. 내가 얼마나 잘났는지를 보여주는, 커리어만 이어나가는 삶은 큰 허영으로 가득 찬 벼랑 끝에 위태롭게 놓인 궁궐이나 다를 바가 없었다.

나는 이것을 확실하게 짚고 넘어가야만 했다. '음악인이기 이전에 한 사회인으로, 그리고 사회인이기 이전에 한 지구인으로 나는 세상에 무슨 도움을 주는가.'

만약 내가 '쓸모 있는 존재'가 아니라면 가장 찬란하게 빛나는 커리어나 부귀영화도 나에게는 아무런 의미가 없다.

공연이 끝난 뒤 눈시울이 붉어진 청중을 만나면 지금까지 내가 피아노와 함께 보낸 모든 순간의 의미와 이유를 알게 된다. 하지만 지금 당장 죽어가는 사람을 살려내는 의사, 빈곤에 시달리는 사람들을 구하는 봉사자, 위기에 처해 쓰러진 노숙인을 살려내는 분들이 세상에 미치는 즉각적이고도 직접적인 영향을 보고 있자면, 내 직업을 다시금 생각하게 된다. 가장 고급스러운 자리에서, 가장 우아한 관객들에게, 고상한 음악을 연주하는 나의 파동이 너무나도 추상적이기만 한 것 같고, 지금 당장 어려움에 부닥친 수많은 사람에게는 내 피아노 연주가 그 어떠한 도움도 되지 않는 사치 같았다. 피아노로 아름다움을 추구하는 것보다는, 지금 당장 빈곤에 힘들어하는 나의 이웃을 돕는 것이 먼저라는 생각을 떨쳐버릴 수가 없었다.

그러던 어느 날, 저명한 의학 저널 《란셋》에서 내 인생에 큰 획을 긋는 기사를 하나 보았다. '성인의 수술 후 회복을 위한 음악 : 체계적인 검토 및 메타 분석 Music as an aid for postoperative recovery in adults: a systematic review and meta-analysis(2015.8.)'이라는 제목의 연구 기사인데, 음악이 신체적 고통에 어떤 영향을 끼치는지 보여줘 매우 흥미로웠다.

연구에 따르면 수술 전과 중간 또는 후에 음악을 들으면 환자의 불안과 통증이 줄어들고, 회복이 더 쉬워진다는 것이다. 총 7000명을 대상으로 72개의 연구를 기반으로 한 이 실험에서 음악과 함께 수술받은 환자들이 그렇지 않은 환자보다 불안증이 덜 하고, 수술 후 통증도 더 적으며, 진통제 또한 덜 복용하는 것으로 나타났다. 또 전반적으로 수술의 결과에 관해 더 만족스러운 모습을 보였다고 한다. 음악의 효과는 전신마취에서도 보였고, 시술 중 환자가 의식이 있을 때 효과는 더욱더 크게 나타났다. 눈에 보이지 않지만 음악이 신체적 고통은 물론 영혼까지 치유한다는 것을 당당하게 느끼게 해준 고마운 연구 자료다.

내가 정말 좋아하는 작가 아멜리 노통브는 어렸을 때 몹쓸 일을 겪고 열일곱 살에 자살을 결심했는데 우연히 슈베르트의 음악을 듣고 아름다움이 진정 존재한다는 것을 알게 돼 다시 살 결심을 했다고 한다.

함께 렉처 콘서트를 진행했던 작가 에릭 엠마누엘 슈미트 역시 열다섯 살에 삶에 대한 그 어떠한 의욕도 사라진 채 세밀한 자살 계획을 세웠지만, 바로 직전에 학교 선생님과 의무적으로 관람한 모차르트의 오페라 〈피가로의 결혼〉 중 소프라노의 노래를 듣고 소멸해 버렸던 의욕이 다시 살아났다고 했다.

존재의 감각까지 마비시키는 예술의 아름다움은 어린 생명체, 어둠을 눈부시게 수놓은 별, 하늘을 적시는 황혼, 사랑스러운 이의 얼굴과 같이 시공간의 흐름과 몸의 고통까지도 망각하게 한다. 뇌와 심장도 모르는 사이, 입술 사이로 "아름답다"라는 감탄사가 저절로 새어나온다.

이때 말하는 아름다움은 단순히 외적인 '예쁨'에서 나타나는 것이 아니다. 소름 끼칠 정도의 전율이 일어나 큰 만족감과 충만함으로 존재를 가득 채우고 시공간의 개념과 신체적 고통까지 잊게 하는 '근본적인 아름다움'이다. 이는 특히, 경험한 전과 후에 확연한 차이점이 있는데, 깊은 감동으로 비롯한 심적인 승화로 인해 존재 어딘가가 성장한 느낌을 받는다.

예술가는 분명 지구에 필수적인 존재다. 예술은 인류의 가장 숭고하고도 고귀한 표현이며 마음의 응어리를 치유하고 평화를 제시할 수 있다. 의식주나 생존의 압박감에서 초월한 현려함의 세계를 열어주며 개성과 창조의 무한한 장이 되어준다.

· 음악의 근본적인 아름다움

하모닉스harmonics만 봐도 근본적인 아름다움이 순수한 자연의 소리에 담겨 있는 것을 볼 수 있다. 하모닉스란 한 사운드에 본연적으로 담겨 있는 음을 가리키는데, 이 완벽한 화성으로 구성된 음 하나하나가 진동하면서 교감 공명(어떤 음의 진동 에너지를 다른 것이 흡수해 함께 울리는 현상)이 일어나 자연배음을 바탕으로 음들이 함께 울리는 것을 말한다. 그 자연배음의 음이 클래식음악 작곡법의 기둥 역할을 하는 화성이라는 사실이 신비롭다. 다시 말해 1도, 3도, 5도, 7도, 9도의 화성이 근본적인 자연의 음자체에서 울린다는 것이다.

지구의 모든 민족의 음악 중 이 화성들을 사용하지 않는 문화는 없으며 긴 역사를 통해 소리의 과학과 음의 움직임, 즉 화성학을 가장 난해한 수준으로 끌어올린 클래식 음악조차 자연에서 울리는 원천적 교감공명이 대들보 역할을 하고 있고, 그 화성들로 인해 클래식 음악의 역사가 형성됐다. 경이로운 점은 이 아름다운 음악의 시작이 인위적인 창조로 비롯된 것이 아니라 우주에 이미 존재하고 자연 속에 떠다니고 있는 아름다움의 '발견'으로 비롯했다는 사실이다.

하모닉스의 존재가 내게 그토록 신비스러운 이유는 자연 자체에서 퍼져나오는 교감진동 음들이 너무나도 아름답기 때문이다. 왜 굳이 아름다워야 하는가. 자연의 원초적인 음들이 괴성 같을 수도, 비화성적일 수도 있는데 굳이 천상의 하모니 같은 1, 3, 5, 7, 9도로 울리고 있다는 이 사실이 매우 신기하다. 더불어 이 아름다움이 환경이나 교육으로 인해 인위적으로 생긴 게 아니라 자연의 근본적인 형태 자체가 아름답다는 것이 경이롭지 않은가!

2020년 3월의 어느 날, 직접 신기한 경험을 한 적이 있다. 잠시 낮잠을 자던 중 거센 바람 소리에 잠에서 깼다. 마저 닫지 못한 창문과 맞은편에 있던 미닫이문이 살짝 열려 있었는데, 그 때문인지 바람 소리가 기괴한 귀신 소리처럼 나고 있었다. 그런데 갑자기 천상에서나 들을 수 있을 것 같은 아름다운 목소리가 들리는 것이 아닌가! 내 귀를 계속 의심하면서 말초신경까지 동원해 도대체 그 목소리가 어디에서 나오는지 찾기 시작했다. 그런데 그 목소리와 정확히 3도 화음을 이루는 다른 목소리가 함께 들리기 시작하는 것이 아닌가! 경악할 새도 없이 바로 연이어 또 다른 천상의 목소리가 이제 5도의 화음을 이루며 노래하기 시작했고, 나는 잠시 시공간을 초월하여 심신이 마비 상태가 된 채로 넋을 놓고 듣고 또 들었다. 이 기가 막힌 조화로움이 절정에 다다랐을 무렵, 견디기 힘든 황홀함에 나는 다시 눈을 떴고 곧바로 휴대폰을 들고 녹음하기 시작했다.[*]

창문과 미닫이문이 열린 틈의 각도가 우연의 일치로 완벽한 황금비율을 이뤄 천상의 소리를 낸 것이 아닌가 하는 생각이 든다. 이야말로 공기와 공간, 그리고 바람의 에너지가 합작해 자연에 이미 존재하는 근본적인 아름다움을 뿜어내며 본연의 성스러움을 보여준 경험이라고 생각한다.

하얀 도화지에 그림을 그리듯 침묵 속에서 만들어지는 음악은 인종, 국경, 문화, 종교, 전통, 성별, 나이를 초월해 사람을 하나로 모으고, 함께 감동하고, 공감하게 하는 순수 언어다. 그 아름다운 울림 안에서 우리는 수많은 레이어들을 벗어내고 존재의 근본적인 자신을 마주하게 된다. 그때 찰나가 영원이 되면서 우리의 숭고한 본질의 여운이 우주를 감싼다.

2020년 3월에 우연히 들은 바람 소리. 천상의 목소리에 취해 넋을 놓고 들었다.

예술과 돈

"엄마! 진짜 이렇게 좋은 음악을 하면서 돈을 받는다고? 나는 피아노가 너무너무 좋아서 내가 돈을 주고서라도 피아노 연주를 하고 싶은데, 어른이 되면 진짜 피아노를 연주하면 돈을 받아? 진짜로?"

생애 처음으로 예술과 돈을 연결 지어 생각했던 순간이었다. 우리는 소위 말해 돈을 '밝히면' 안 된다는 사회적 분위기를 이루고 있다. 그것은 예술인뿐만 아니라 종교인이나 사회복지에 관련된 일을 하는 사람도 마찬가지다. 하지만 자신이 진정 건강해야 남을 도울 수 있고, 마음이 풍요로워야 마음껏 나눌 수 있다고 생각한다. 성경에도 "네 이웃을 네 몸과 같이 사랑하라"고

했는데, 그러기 위해서는 정말 자신을 진정으로 사랑해야 가능하다.

흔히 천재라고 하면 돈은 모르고 예술에만 몰두했을 거라고 생각하지만 이는 대단히 잘못된 정보다. 천사같이 순수하고 연약하기만 해 보이는 쇼팽이 자기 작품을 잘 흥정했다면 놀라운가. 그는 연주회가 열리기 전, 지출할 비용과 관객의 수요까지 철저하게 계산해 수익성을 따졌다.

친한 친구 폰타나에게 출판사들과의 거래를 부탁했는데, 그에게 정말 자세하고도 똑 부러지게 요구하기도 했다. 예를 들면 두 개의 〈폴로네즈〉를 프랑스와 영국에서는 1500프랑에 팔고, 소위 잘나가는 출판사에는 좀 더 비싸게 팔 것을 지시했다. 또 출판하기로 한 피아노 제조사 플레이엘이 마음에 들지 않자, 조금이라도 까칠하게 행동하면 곧바로 슐레징거와 거래하라고까지 했다. 만약 슐레징거가 조금 망설이는 것 같으면 가격을 1000프랑에서 800프랑으로 내리고, 두 개의 〈폴로네즈〉를 1500프랑에 팔고 싶기는 하나, 만약 출판사가 망설이는 낌새를 보이는 것 같으면 1300프랑까지 깎으라고 하나하나 지휘한다.

그리고 플레이엘에서 출판하기 위해서는 슐레징거와의 거래를 중단할 수는 있지만, 출판업자 프롭스트와 함께 하자고 플레이엘과의 거래를 중단할 수 없다고 전략을 짜기도 한다.

슐레징거가 자신에게 너무 적은 돈을 준다고 비난했지만, 정작 플레이엘이 500프랑밖에 주지 않자 '나쁜 놈'이라고 칭했고, 프롭스트 또한 800프랑을 받아야 하는 여러 편의 〈마주르카〉를 겨우 300프랑에 사 갔다며 분개했다.

베토벤도 예외는 아니다. 그 또한 돈 앞에서 주눅 들지 않는 모습을 보이며 당당했으며 대단히 현실적인 사람이었다. 자신이 생각했을 때 교향곡이 소나타보다 훨씬 더 값어치가 있지만, 소나타가 더 잘 팔린다는 이유로 교향곡과 같은 가격인 20더커츠(현재 원화로 계산하면 약 300만 원이다)로 스스로 책정하고 출판사에 흥정했다.

특히 자기에게 작품을 의뢰한 국립극장 대표들에게 8000만 원가량의 개런티를 요구하면서, 만약 이 제안을 받아들인다면 매년 한 곡의 오페라를 작곡하겠지만, 그 오페라가 세 번째 연주될 때 모든 수익이 자신에게 와야 한다고 의연하고도 다부지게 요청했다.

자신이 오페라 한 곡을 작곡할 때 할애해야 할 시간과 에너지 소모, 그리고 그것 때문에 다른 어떤 일도 할 수 없다는 점을 고려할 때, 자신의 요구가 지나치다거나 무모하지 않다고 피력하면서, 만약 이 거래가 성사되지 않는다면 충분히 다른 나라에 가서 살 수 있다는 가능성도 어필(협박)하고, 지금 살고 있는 빈의 환율과 물가가 너무 비싸다는 점도 상기시켰다.

프리랜서이자 피고용인 입장에서 당당하게 필요한 것을 요구하다니, 정말 대단하다는 말밖에는 나오지 않는다. 사실 베토벤은 자신이 얻어야 할 이익을 합리적이고 떳떳하게 요구한 것이지, 돈을 밝히는 것은 아니라고 생각한다. 그는 돈 앞에 비굴하거나 세상 혼자만 고상한 척하는 예술인이 아니었다.

도스토옙스키 또한 한평생을 그야말로 '돈, 돈, 돈' 하면서 살았다. 도박하려 돈을 빌리고 돈을 벌기 위해 도박을 한 그는 돈에 따라 인생의 흐름이 진행되었다.

돈과 거리가 멀 것 같은 반 고흐가 동생 테오에게 보낸 편지에 나타나는 치열한 내적 싸움은 널리 알려진 사실이다. 그가 자신의 예술을 위해 뻔뻔할 정도로 당당하게 경제적 도움을 요청하고 호소하는 맹렬함은, 돈 때문에 한이 사무친 그의 고통을 느끼게 한다.

역사를 통틀어 한 예술인으로서 절망하고 포기할 만한 이유가 가장 많았던 사람 중 한 명은 반 고흐일 것이다. 20대 중반이라는 늦은 나이에 미술을 시작해 가족의 반대와 부모님과 큰 불화를 평생 견뎌내야 했고, 한평생 한 점의 그림밖에 팔지를 못했으며, 남동생에게 돈을 구걸했다. 이성과 아름다운 사랑을 해보지도 못했고, 그나마 마음의 안정을 찾았다고 생각했던 때는 아이를 여럿 키우고 있는 매춘부와 1년 정도 함께 살던 시절이었다.

이로 인해 가족과의 관계는 더욱 악화됐고, 젖이 나오지 않아 아이의 배고픔조차 달래주지 못하는 자신의 동거인과 아이들의 입에 풀칠이라도 하기 위해 매번 동생에게 경제적 도움을 요청하면서도 정작 자신은 굶는 일이 다반사였다.

남동생 외에 유일하게 도움을 청할 수 있는 미술 거래상 테르스테이흐에게는 나이도 서른이 다 됐고 예술적 재능이 없으니 다른 직업을 알아보라는 잔소리를 들어야 했다. 분개한 반 고흐는 이런 사람에게 돈을 받느니 차라리 6개월 동안 밥을 굶는 게 낫겠다고 동생에게 말했지만, 모델에게 급여를 주려면 어쩔 수 없이 찍소리도 하지 못하고 그 쥐꼬리만 한 돈을 받을 수밖에 없었다고 고백한다.

혹시라도 동생이 더 이상 돈을 보내주지 않을까 걱정했고, 조금이라도 그런 기색이 엿보이면 안절부절못하며 경제적 도움이 자신에게 왜 필요한 것인지, 얼마나 절약을 잘하고 있는지 자세하고도 빠짐없이 설명했다. 또 지원이 끊기면 자신은 헤어나올 수 없는 절망에 빠질 것임을 여러 차례 말했다.

차라리 더 이상 동생의 짐이 되지 않기 위해 자신이 아예 병자가 되어버려서 미술을 그만두는 것이 더 나은 삶이 아닌가를 진지하게 고민하면서도, 동시에 이 상황에서는 할 수 있는 것이 없으며, 더 좋은 화가가 되기 위해서는 오히려 고난의 과정을 거쳐야 하는 것이 아닌가를 동생에게 묻는 등 좌절과 희망을 오가며 고뇌한 흔적이 편지에 격렬하게 나타나 있다.

특히 이런 고민을 절대로 다른 사람들에게 말하지 말 것을 당부하며, 만약 알려진다면 모두 자신을 향해 처음부터 그렇게 될 줄 알았다며 비꼬는 사람들의 비난이 쏟아질 것이고, 일말의 희망과 에너지마저 모두 앗아갈 것이라고 했다.

이런 수모와 모욕을 겪는 과정에서 그가 진정 우리가 아는 예술가 반 고흐가 될 수밖에 없다고 느낀 점은, 이런 악조건에서도 이성을 잃고 목숨을 바칠 정도로 예술을 지독하게 사랑했다는 것이다. 그리고 또 한 가지, 자신에 대한 자신감이 충만했다는 점이다. 반 고흐는 누구보다도 노력했기에 자신의 재능이나 노력에 대한 당당함이 있었다.

내면에 불화와 가난을 품고 산 반 고흐.
그가 겪은 수모와 모욕은 오늘날의 예술인에게 큰 울림을 준다.

〈반 고흐〉, 2003

한 인간으로서 자존감이란 자존감은 모두 짓밟힌 열악한 상황에서, 그토록 너덜너덜해졌는데도 불구하고 희망을 잃지 않는다면, 그것은 자신의 예술에 대한 열망이 삶 자체가 되었을 때 가능한 경지다. 예술을 하기 위해 살지만, 결국 예술은 살기 위해 필수고, 존재의 이유가 되어버린 경지를 말한다.

실제로 반 고흐는 자신이 심은 것을 수확하게 되는 날이 있으리라는 믿음이 있었기에 계속해서 모든 힘을 미술에 쏟아부을 수 있었다고 한다. 이렇게 온 마음을 다하여 예술을 하므로 결실의 열매를 수확할 수밖에 없다며 동생에게 더욱 당당히 경제적 지원을 요구할 수 있던 것이다.

예술인으로서 나의 작품이 아름다움을 창조하고 세상에 이로운 영향으로 존재하며 내가 최선으로 노력했을 때를 생각해 본다. 그럴 때 창조된 작품은 사람의 가슴에 전율을 주지 않으려야 않을 수 없다. 그리고 세상과 공유되지 않으면 하늘만 손해라고 외칠 수 있는 뻔뻔스러움과 당당함이 나오고도 마땅하다.

자신의 그림은 오로지 동생에게 달려 있다고 하면서 만약 돈을 보내주지 않는다면 더 이상 그림을 그릴 수 없고 자신은 절망에 산산조각날 것이라고 놀랍도록 당당하고 뻔뻔한 뉘앙스로 말하는 반 고흐.

여기서 주목할 만한 것은 자신의 열악한 상황이나 건강과 정신상태에 대해서는 끊임없이 말하지만, 예술을 비난하거나 포기하고 싶다는 뉘앙스가 단 한 번도 없다는 사실이다.

음악이란 분야에서는 음악인의 재능이 워낙 일찌감치 드러나는 경우가 많기에, 번뜩이는 천재성을 가진 어린 음악인을 종종 볼 수 있다. 그런데 어렸을 때는 겁 없이 발휘됐던 그 대담함과 찬란한 개성이 세월이 흐르면서 오히려 안전만을 추구하며 평범해지는 경우가 빈번하다.

앞서 PART 2의 '연주와 죽음'에서 말했다시피 공연 하나에 한 음악인의 미래가 달려 있다는 사실이, 영감보다는 안전함, 번뜩이는 아이디어를 실현하는 모험보다는 편안함, 새로움보다는 익숙함, 열정보다는 노련함을 우선시하게 만든다.

함께 아시아 투어를 했던 로저 노링턴 경은 내게 "체면은 음악의 가장 큰 적"이라고 말한 적 있다. 어떻게 하면 한 예술인으로서 그 신선함을 계속해서 유지할 수 있을까. 세월이 지나도 항상 모험하고 미지의 세계를 탐험하며 위험에 맞설 용기를 어떻게 계속 유지할 수 있을까. 생계를 책임져야 하는 예술인으로서 안전보다는 리스크를, 편안함보다 신선한 영감을 추구할 수 있을까.

편안함과 안전함만을 추구한다면 전진과 발전이 더뎌진다. 열정으로 물든 장밋빛의 일출이 순식간에 불타올라 눈부신 태양이 되듯, 번뜩이는 영감과 생명에 끓어오르는 예술은 모험의 정신과 정열적인 헌신에서 비롯된다.

자신의 예술을 세상의 요구나 유행과 타협시키지 않고 자신만의 유일무이한 세계를 지키고 확장하면서, 편안함이 예술보다 중요해지는 것을 경계해야 한다. 만약 안전함이 예술보다 우선시된다면, 그 예술은 에고에 가려진다.

구체적으로 예를 들면 작곡가가 그려놓은 빅뱅을 연상시키는 음악 속으로 목숨 걸고 뛰어들어 표현해야 하는데, 너무 어려운 나머지 혹시라도 '틀릴까 봐' 좀 더 안전하게 연주한다거나 '틀리지 않고' 치는 것을 우선시한다면 그야말로 자신의 체면을 위하여 음악을 희생시키는 것밖에 안 된다.

베토벤의 〈해머클라비어〉 소나타 마지막 악장에서 미친 듯이 소용돌이치는 푸가. 천 번을 틀려도 나는 빅뱅의 정신을 표현할 것이다. 그것 때문에 나의 생존이나 커리어에 지장이 간다고 해도 전혀 상관없다. 컴퓨터같이 정확하게 친다 한들, 그 소용돌이가 느껴지지 않는 이상, 사양하겠다.

베토벤이 교향곡이나 〈해머클라비어〉 소나타에 본인이 직접 표기해 놓은 템포 지시를 감히 틀렸다고 논하는 학자와 음악인을 아직까지 이해할 수 없다. 그저 베토벤이 적은 템포가 자신들이 보았을 때 너무 빠르다는 이유로, 그리고 베토벤이 지시한 대로 연주하는 게 무척이나 어렵다는 이유만으로, 그의 청각장애를 핑계 대면서 베토벤이 표기를 잘못했다고 주장한다. 박물관에서 지금까지 정확하게, 잘만 작동하고 있는 메트로놈에 문제가 있어서 베토벤 템포를 잘못 적은 것이라는 둥 어처구니없는 변명까지 만들면서 말이다.

시간의 초가 가는 속도가 메트로놈 표기의 60인 사실은 그때나 지금이나 변함이 없다는 사실을 모르는 것일까. 심지어 메트로놈이 초의 속도를 기반하여 만들어졌는데도 말이다.

만약 베토벤이 청각장애로 시계가 가는 소리를 못 들었다고 해도 베토벤 시대나 지금이나 유럽 도시의 한복판에는 무척 큰 시계가 도처에 있고, 시곗바늘을 보며 속도를 잘 확인할 수 있다는 사실을 모르는 것일까.

물론 생계가 달린 무대에서 번뜩이는 영감을 추구하는 게 쉬운 일만은 아닐 것이다. 이렇게 죽음과 삶을 왔다 갔다 하는 공포스러운 솔리스트의 삶을 살면서 안전함보다 리스크를 우선시하는 것이 쉬운 일만은 아니다. 하지만 반 고흐는 "진정한 예술인이 일찍이든 늦게든 사람들의 사랑을 받을 수 있는 것은 바로 그들이 진실되었기 때문이었고, 자신의 모든 지성을 사용하여 느끼는 모든 감정을 작품에 옮겨야 한다"라고 말했다. 작곡가가 요동치는 폭풍을 표현했고 그 폭풍을 온몸으로 느낀다면 진정으로 그 울렁거림을 관객에게 전달해야 한다.

노래하는 소프라노 뒤에 몰래 숨어 있던 모차르트가 어느 대목에서 갑자기 튀어나와 깜짝 놀라게 한 일화가 있다. 대단히 놀란 소프라노는 "아!" 하고 소리 질렀는데, 그때 모차르트는 "그래! 바로 그거야. 진정으로 놀라면서 소리를 질러"라고 외쳤다. 체면을 차리기보다는 진정으로 그 음악의 감정을 느끼고 표현하라는 것이다.

우리는 돈에 관해 당당해질 필요가 있다. 안전함보다는 번뜩이는 영감을, 생존보다는 모험을, 체면보다는 진실함을, 생계보다는 리스크를 걸 정도로 말이다. 순수하게 음악을 위한 음악을 하라는 말은 돈 앞에서 작아지라는 게 아니다. 더불어 자신의 음악과 노력에 대한 가치를 당당하게 주장하는 것은 이 사회를 살아가면서 책임감 있는 행동이고 해야만 하는 일이다. 돈은 이롭게 사용될 수 있고 빈곤과 열악함에서 벗어나게 하며 자유를 선사한다.

사회에서 예술인으로, 한 인간으로 살아가면서 존엄성을 존중받고 자신의 가치와 노력을 존중받는 것은 매우 중요한 일이다. 빈곤한 환경에 처한 아이들을 생각할 때 부족함 없이 세상의 아름다움과 풍요로움을 만끽하며 자라나길 바라곤 한다. 풍요로움을 바라는 것이 돈을 밝히는 것이라고는 할 수 없다. 자연은 풍성의 극치를 보여준다. 사과나무는 끊임없이 열매를 맺으며 우리에게 베풀고 있고, 시냇물은 끊임없이 흘러내리며 길을 튼다.

우리는 흔히 밥값을 해야 한다고 말하는데, 나는 존재한다는 이유 하나만으로 지구의 모든 아름다움과 풍요를 누릴 자격이 있다고 당당하게 선포한다.

무한함과 영원, 그리고 풍요로움과 아름다움, 그 권리를 나와 다른 이에게 당당하게 허락하겠다.

예술은
탐험으로 흐른다

요즘은 각종 SNS와 미디어를 통해 쉽고 빠르게 명성을 얻을 수 있고, 부귀영화를 위해서든, 통해서든, 때문이든 각자 움직이고 영향받고 산다. 불과 20년 전까지만 해도 한 사람이 이름을 날리기 위해서는 짙은 밤이 새벽에 천천히 물들 듯 어떠한 업적을 거쳐 서서히 유명해지는 것이 대다수였다. 심지어 죽은 후에 더욱 인정받아 비로소 이름이 빛을 발하고 전설로 남는 경우가 있었다. 따라서 당장 유명해져서 부귀영화를 얻으려고 움직이는 사람은 훨씬 더 적었을 것이다.

눈 깜짝할 사이에 명성을 얻는 오늘날의 별들과는 다소 다른 모습이다. 특히 특정한 업적이나 세상에 긍정적인 영향을 주고, 혁혁히 기여하는 것과는 상관없이, 희귀한 일이나 매우 자극적인 것들, 아니면 노골적이거나 외적인 요소로 유명해지는 일이 굉장히 흔해졌다. 어떻게 보면 인생을 다 바쳐 분야를 탐구하고 파고드는 노력의 과정이나 시간의 소중함은 빠져나가고, 외적이고 자극적인 것들로 당장 빠르고 쉽게 돈을 벌고 유명해지는 것을 찾으려고 한다는 것이다. 물질만능주의에 허덕이며 성공을 재촉받고, 미디어에서 쉴 새 없이 과시하는 외모지상주의 속에 사는 우리는 너무나도 자연스럽게 '쉬운 성공'을 추구하고 있지는 않은가.

성공이란 무엇일까. 꿈을 이룬다는 의미다. 내 안에 있는 꿈을 바깥으로 실현하는 것이며 그것을 위해 그 꿈을 체계적으로 계획하는 것이다. 그런데 성공한 삶을 살았다고 행복할까. 돈이 많고 유명해지면 무조건 성공한 삶일까.

돈을 많이 벌겠다고 마약상이 되는 등 범법행위를 저지르며 떼돈을 벌었다 한들, 그 삶이 성공한 삶일까. 또 만인의 사랑을 받고, 화려한 삶을 사는 일부 유명인은 왜 공허함을 느끼고 우울증에 빠질까. 성공한 것만 같은 삶에 도대체 무엇이 빠진 것일까.

자수성가한 CEO나, 벼락부자가 되었거나, 대대로 내려오는 재산의 소유자라고 할지언정 삶에 이 '무언가'가 없다면 가치나

의미까지 상실한 끔찍한 삶을 살 것이다.

그 '무언가'를 나는 '긍정의 빛'이라고 한다. 세속적인 성공을 했어도 내 삶이 세상에 긍정적인 영향을 끼치고 있지 않으면 존경과 존중을 받을 수 없다. 부러워하는 것과 존경하는 것은 엄연히 다른 것이다. 아무리 성공해서 부귀영화를 누리고 있다고 하더라도 내가 하는 일이 세상에 긍정적인 영향을 끼치지 않는다면, 부러움이나 질투를 살 수는 있으나 존경받지는 못한다. 하루하루 나의 삶이 믿음을 주지 않고 좋은 영향을 주고 있지 않다면 진정한 성공이라고 할 수 없다. 부유하고 외모가 뛰어난 사람을 우리는 부러워할 수는 있지만 존경하지는 않는다.

부모님이 나에게 하셨던 "인간이 돼서 인간 도리를 먼저 하고 피아노를 해라"라는 말씀을 되새겨 본다.

피아노 실력보다 더 중요한 것은 세상에 좋은 영향을 주는 인간이 되는 것이고, 내가 말하는 '긍정의 빛'은 사회적 성공이나 유명세, 혹은 그 어떠한 부귀영화보다도 더 값지고 중요하다.

존경받고 존중받는 삶을 살기 위해서는 떳떳하고도 빛나는 과정이 존재해야만 한다. 묵묵히 충실하고 성실하게 하루하루를 믿음직스럽게 살면 된다. 그것이 바로 빛나는 과정이다. 성공은 자연스레 오는 결과일 뿐이라 있든 없든 중요하지 않다.

그 빛나는 과정만 있다면.

그리고 자신이 생각하는 성공이 따라오지 않았다고 한들 슬퍼하지 마라. 내가 상상도 하지 못했던 뜻밖의 길이 열릴 수도 있으니. 그리고 내가 생각했던 그 성공이 오히려 더 넓은 세상을 가리는 일이 되었을 수도 있다는 것을. 미지의 세상을 믿어보자.

존경받는 인물이 되는 것과 유명한 사람이 되는 것은 굉장히 다른 일이다. 우리가 어떤 유명인을 좋아할 수는 있어도 그 사람을 존경한다고 하는 일은 드물다.

세상에는 수많은 유명한 사람이 있다. 그리고 그들의 목소리는 하늘을 찌를 정도로 시끄럽고, 고개를 조금만 돌려도 볼 수 있다. 반면 존경스러운 인물의 목소리는 너무나 작다. 그들의 모습과 목소리는 일부러 찾아야만 볼 수 있고 들을 수 있다. 참으로 기울어진 모양새다. 우리는 아이들에게 '유명한 것'과 '존경스러운 것'에 대한 차이도 알려주지 않은 채 무조건 성공만 재촉하고 있지는 않았는지 생각해 볼 때다.

자신의 길을 찾기 위해서는 어떻게 해야 하는지, 심지어 좋아하는 것 자체를 모르겠다는 질문을 종종 듣는다. 그럴 때 나는 세 가지 질문을 제안한다. 질문의 답을 자신에게 진심으로 묻고 대답할 때 특정한 길이 나올 수 있을 것이다.

- ◆ 어떤 일을 할 때 가장 기운이 나는가?
- ◆ 시공간을 잊을 정도로 푹 빠질 수 있는 일이 무엇인가?
- ◆ 나와 세상에 이로운 일인가?

그리고 아무도 없을 때 편안하게 누워서 '자신의 장례식'을 치루기를 권장한다.

망자(자신의 이름)의 장례식을 거행하겠습니다.

1. 어떻게 죽었습니까?

2. 장례식장에 온 분들에게 하고 싶은 말이 무엇입니까?

3. 그들이 당신에게 뭐라고 말하면 좋겠습니까?

4. 당신의 이름이 기억되면 좋겠습니까?

5. 당신이 어떻게 기억되면 좋겠습니까?

6. 당신이 남긴 업적은 무엇입니까?

7. 가장 자랑스러운 일이 무엇입니까?

8. 무엇을 더 하고 싶은데 하지 못했습니까?

9. 하기 싫지만 한 일은 무엇입니까?

10. 무슨 일을, 무슨 생각을 안 했어도 됐는데 하며 살았습니까?

11. 어떤 이와 더 시간을 보내고 싶은데 못 보냈습니까?

12. 누구에게 하고 싶은 말을 못 하고 왔습니까?

13. 만약 당신의 인생을 다시 살 기회가 주어진다면 무엇을 바꾸겠습니까?

14. 저승에 직접 가보니 어떻습니까?

유언장 쓰기

* * *

당신에게 다시 살 수 있는 기회가 주어졌습니다.

이제부터는 하고싶은 것을 하며,

하기 싫은 것은 하지 않고,

시간을 더 보내고 싶은 사람들과 시간을 보내며,

하고 싶은 말을 다 전하며

자랑스러운 삶을 삽니다.

음악인으로서 콩쿠르에서 우승하고, 유명한 홀에서 연주하고, 유명한 오케스트라와 협연하는 것이 성공일까. 우리가 알고 있는 유명한 작곡가 중에 이런 식으로 전설이 된 사람은 없다. 베토벤이 어느 콩쿠르에 우승해서 유명해진 것이 아니고, 마리아 칼라스나 블라디미르 호로비츠가 어느 유명한 홀에서 공연해서 전설이 된 것이 아니다.

우리는 마리아 칼라스의 〈노래에 살고 사랑에 살고〉를 유명한 홀에서 저명한 오케스트라와 연주했기에 기억하는 것이 아니다. 그녀의 전례 없는 탁월한 연기와 첫 음만 들어도 알아챌 수 있는 목소리의 색깔, 거기서 직설적으로 전달되는 영혼, 그녀만의 전달력을 기억하는 것이다. 아트 테이텀이 재즈의 전설이자 전 세계 피아니스트들에게 영감이 된 것도 그의 초절적인 즉흥성과 위트 있는 테크닉 덕분이지 그가 콩쿠르에 입상해서 전설이 된 것이 아니다.

한때 나의 피아노 영웅이었던 상송 프랑수아가 롱 티보 국제 콩쿠르의 첫 번째 우승자라는 사실을 누가 기억하는가? 그의 위험할 정도로 즉흥적이고 매력적인 연주와 그 누구도 따라 할 수 없는 매혹적인 루바토, 재즈풍의 드뷔시 연주로 상송 프랑수아는 전설이 되었고, 그 때문에 지금까지도 기억되고 있다.

나의 영웅 상송 프랑수아를 그리며
음악 자체의 위대함을 깨달았다.

〈상송 프랑수아〉, 2000

사실 롱 티보 국제 콩쿠르를 포함해 다른 수많은 국제 콩쿠르의 우승자가 지금까지 셀 수도 없을 만큼 얼마나 많이 배출되었는가? 그중 우리가 기억하는 음악인이 몇이나 될까. 전설로 남은 음악가들은 음악 자체가 위대하기에 지금까지도 여전히 그들이 칭송되는 것이다. 그 음악을 로열 앨버트 홀에서 수천 명을 앞에 두고 연주하든, 쪽방촌에 있는 슈퍼마켓 앞에서 대여섯을 청중으로 두고 연주하든 음악이 중요하지, 장소의 명성이 중요한 것이 아니다.

음악이라는 가치

2012년, 영국 로열 앨버트 홀에서 6000명의 청중 앞에서 연주하기 전에 대기하고 있던 나에게 엄마는 이렇게 말씀해 주셨다. "청중이 한 명뿐이더라도 수천 명이 있는 듯이 연주하고, 수천 명이 있더라도 한 명 앞에서 연주하듯 편안하게 하여라."

몇 년 후, 두 시간이 넘는 바흐의 〈평균율〉 1권 전곡의 대장정을 고작 대여섯 명 앞에서 펼친 나의 공연을 경청하신 엄마는 또 이렇게 말씀하셨다. "현정아. 진정한 아티스트가 되었구나. 이렇게 소수의 관객 앞에서 넌 마치 6000명이 보고 있는 것과 같이 온 영혼을 다해 연주했어." 지금까지 내가 들었던 칭찬 중 가장 내 마음을 울린 한마디다.

"넌 정말 진정한 아티스트가 되었구나."
땅을 구르고 박차고 일어나 하늘로 날아오를 것만 같았던
음악적 자유를 만끽한 한마디.

〈자유 3〉, 2000

마스터클래스를 진행하면서 우리나라의 젊은 음악인에게 질문한다. 왜 굳이 수백 년 전 지구 반대편에서 작곡된 음악을, 지금, 한국에서 열심히 공부하고 연주하는지.

클래식 음악은 사운드 과학을 최상의 경지로 끌어올린 학문임을 인정하기에 대한민국의 모든 예술학교에서 깊게 몰두하는 음악임은 틀림없다. 하지만 자신의 인생을 다 바쳐 서양음악의 악기를 전공하는 우리나라 학생들에게 두 가지 질문을 더한다.

- 왜 음악을 하는 것인가?
- 그 어떤 역경이 닥쳐도 끝까지 음악을 할 것인가?

음악을 하는 이유가 무엇인지 깊게 고민해야 한다. 훌륭한 음악인이 되고 싶다거나 멋진 커리어를 쌓고 싶은 것인지, 유명해지고 싶다거나 대중에게 사랑받고 싶은 것인지. 물론 이 모든 이유는 하나의 원동력이 될 수 있는 바람이다. 특히 사회인으로서 살아가는 데 있어서 이익이나 수익이 있어야 하는 것은 매우 자연스러운 일이고, 동시에 한 사회의 예술인으로 살아가면서 그 존엄성을 존중받고 내 음악의 가치를 존중받는 것은 매우 중요한 일이다. 하지만 이는 나와 사회의 관계에 해당한다. 이를 초월하는 이유가 있어야 한다. 근본적으로 우선순위가 되어야 하는 이유. 그것은 바로 음악에 대한 순수한 사랑, 그저 '음악 자체를 위해 순수하게 음악을 하는 것', 즉 자신과 음악 사이의 지속적인 사랑을 말한다.

음악을 정말 너무 사랑해서, 그리고 음악 없이는 살 수가 없어서, 음악을 죽을 때까지 공부하고 싶어서, 지극히 음악을 사랑해서 순수하게 음악을 하는 마음. 지속해 상기시켜야 할 근본적인 이유이며, 어떤 선택을 해야 하는 상황에서 항상 기본 바탕으로 자리 잡혀야 한다. 만에 하나 이 이유가 순위에서 밀려날 경우 사회적으로나 음악적으로 힘든 시기가 왔을 때 극복하는 것이 어려워질 것이다.

그 순수한 이유를 잊지 않는 이상 콩쿠르, 입학시험 등 경쟁과 관련되는 과정이나 사회적인 어려움을 겪으면서도 음악에 대한 열정을 잃지 않게 된다. 지정곡이라서 무작정 연습하기보다는 정말 그 곡을 사랑해서 그 곡의 역사적 배경을 공부하고 작곡가에 관심을 가지며 그의 삶을 탐구하고, 곡과 관련된 문학적 연구를 해야 한다.

만약 전공생으로서 시험이나 콩쿠르를 위해서 어떤 곡을 하루에도 몇 시간씩 열심히 연습하는데도 불구하고 어떻게 쓰였는지, 그 곡을 둘러싼 배경이나 작곡가의 예술적 영감, 혹은 그의 다른 작품과 어떤 연관성이 있는지를 모른다면, 혹은 아예 관심조차 없다면 진정 음악을 왜 하고 있는지 스스로 질문을 던져야 한다.

음악을 정말 순수하게 사랑한다면, 가령 시험에는 필요하지 않더라도 호기심에 힘입어 한 작품의 화성적 분석과 건축적인 분석을 하고 작곡가에 대한 애정을 갖고 탐구한다.

그리고 세상 사람들이 뭐라고 하든 내 음악을 심하게 비판하는 일이 있더라도 내 영혼의 목소리를 당당하게 음악으로 뿜어 내야 한다. 그래야 나의 유일함을 표현하는 데 기죽지 않고, 그 어떤 찬사나 극찬에도 안주하지 않으며 자기 예술의 발전을 위한 노력을 멈추지 않게 된다.

어떤 것 때문에 혹은 무엇을 이루려고 음악을 하는 것을 넘어서, 음악을 위해서 음악을 하고 음악을 정말 사랑해서 음악을 할 때 내 음악을 경청하는 청중의 마음에 감흥을 일으킬 것이며 음악과 청중이 하나 되어 승화를 일으킨다.

악기를 '연습'하는 것만큼 중요한 것이 음악을 '공부'하는 것이고, 음악을 '공부'하기 위해서는 그 음악의 어머니인 예술을 집중적으로 '탐험'해야 하며, 예술을 '탐험'하기 위해서는 인간의 영혼, 마음, 상상력, 무한한 가능성과 유일무이함을 '탐구'해야 한다.

해야 하는 일과
하고 싶은 일

초등학교든 대학교든 강연을 하면 꼭 하는 질문이 있다. "직업과 사명의 차이점을 설명할 수 있나요?" 그 질문에 지금까지 들었던 가장 인상적인 답변을 내 고향 안양의 샘모루초등학교 2학년 학생에게서 들었다. "직업이란 돈을 위해서 하는 것이고 사명이란 무언가를 꼭 하기 위해 태어나서, 그것을 위해 노력하는 것입니다."

여기서 중요한 것은 순서다. 태어나서 꼭 해야만 하는 무언가가 아니라, 꼭 하기 위해 태어난다는 것이다. 그리고 그것을 위해 노력하면서 살아갈 때 사명감을 지니며 산다는 것이다. 또래보다 더 작고 동글동글한 안경을 쓴 똘똘한 만 일고여덟 살의 깜찍한 아이의 답변에 심장이 쿵쾅쿵쾅 뛰었다.

신부님이나 스님을 직업과 사명 중 무엇이라고 하는 것이 더 적합한가. 물론 성공도 중요하고 돈과 물질도 중요하지만, 인생에는 분명 그보다 더 중요한 무언가가 있다. 삶의 원동력이 되어주는 고귀한 '무언가'가 분명히 있다. 나는 그 '무언가'를 '숙명'이라고 칭한다.

개인적으로 내린 정의다. 자신을 성장시키고 승화시키는 행위를 심신을 다해서 하는 것을 사명이라고 하고, 동시에 그 행위가 세상에 긍정적인 영향을 선사하는 것을 숙명이라고 한다. 그리고 우리는 모두 이러한 숙명을 갖고 태어났다고 감히 말하고 싶다. 그 숙명을 요리로 실현하든, 농사나 피아노로 실현하든 상관없다. 하는 일이 무엇이 되었든지 우리는 태어나면서 이미 광명의 빛으로 눈을 떴고, 자신의 크고 작은 행위로 세상에 긍정적인 영향을 선사하는 것이 인간의 숙명이라고 생각한다. 아무리 풍족한 인생을 살고 있을지언정, 자신의 삶에서 이 숙명이 발현되지 않는다면 자신의 본질, 즉 광명의 빛의 찬란한 아름다움과 동떨어져 사는 것과 다름없다. 얼마나 한탄스러운가! 반대로 자신이 하는 크고 작은 행위들을 통해 세상이 조금이라도 밝아진다면 자신은 살아 숨 쉬는 광명의 빛으로 발현된다. 새로운 공식을 활용해 오염을 줄이는 발명품을 만들든, 산길에 보이는 플라스틱 쓰레기를 줍든, 지나가는 아이에게 밝은 미소를 짓든, 광활한 사랑의 교향곡을 작곡하든 상관없다. 자신을 통해 세상에 아름다운 기운이 전해진다면 말이다.

　나는 나 자신을 '피아니스트'나 '음악인', 심지어 '예술인'으로도 한정 짓지 않는다. 나는 한 인간, 지구인이라는 넓은 범위에 놓여 있다고 생각한다. 그래서 근본적으로 피아니스트로서의 사명보다는 인간으로서의 숙명이 나에게는 더 중요하다. 한 인간으로서 인류에 조금이라도 보탬이 될 수 있다면 그 활동이 무엇이 되든 할 것이다. 나무를 심는 일이든, 폐지 줍는 어르신들 돕는 것이든, 예술의전당에서 라흐마니노프를 연주하든, 내가 좋아하는 일을 찾아서 하는 것을 넘어서서 주어진 모든 일을 감사하며 즐기면서 말이다. 피아니스트이기 이전에, 여성이기 이전에, 한국 사람이기 이전에 나는 이 세상에 존재하는 지구인으로서 재밌는 삶을 살고 있다. 삶에 잠식당하지 않은 채로 나의 영혼이 인류의 유산인 클래식 음악의 뜨거운 심장을 마주하길 바란다.

　초등학교 1학년 때 꿈에 대한 질문을 받았을 때 조금의 망설임도 없이 이렇게 대답했다. "세상의 빛이 되고 싶어요." 너무나도 순박한 희망이다. 어린아이에게서만 나올 수 있는 대답이라고 생각하는가? 다음 질문 하나로 우리 모두 같은 것을 바라고 있다는 것을 확인해 보자. 다음 쪽의 질문을 읽는 순간 대답해 주길 바란다.

"세상을 이롭게 하고 싶은가요,
해롭게 하고 싶은가요?"

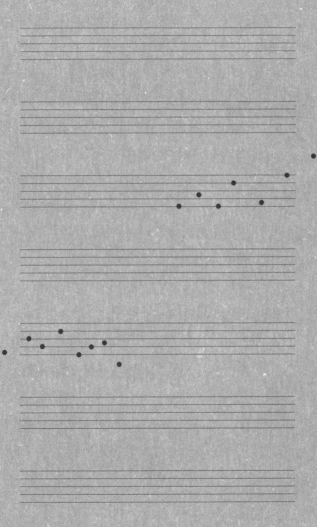

PART 4

음악이 가르쳐 준 것, 인생

행복에 열망,
기쁨에 감사

열여섯 살에 참가했던 수련회에서 지도 스님께서 내게 해주셨던 질문에 나의 온 세상은 뒤흔들렸다.

"모든 인생 다 바쳐서 피아노를 공부하고 있고, 피아노에 모든 꿈과 미래가 달려 있고, 피아노가 인생에 거의 전부인 나한테 만약 사고로 손을 다쳐 더 이상 피아노를 못 치게 된다면 어떻게 할 것인가? 그럼에도 불구하고 행복할 수 있는가?"

아주 어렸을 적, 기억이 나지 않던 시절부터 피아노를 시작했고 평생을 피아노와 일심동체를 이루며 뚜렷한 목표를 갖고 살아가고 있던 내가 "그럼에도 불구하고 행복할 수 있다"고 대답하는 것은 상상조차 할 수 없는 일이었다. 나는 곧 피아노고, 피아노도 곧 나라서 피아노가 없으면 나라는 존재는 소멸한다고 생각했다. 혹여 그런 일이 생긴다면 극심하게 불행을 느끼고 모든 것을 다 잃은 채 나라는 존재가 더 이상 아무짝에도, 그 누구에게도 쓸모없는 존재가 될 것이라는 게 아주 확실했다. 스님의 그 질문 하나로 나의 인생이 얼마나 피아노에, 그리고 손가락에 의존하고 있는지 깨닫게 된 것이다.

매우 어렸을 때부터 뚜렷한 목표를 갖고 나아가는 것. 누군가는 그것을 부러워할 수 있다. 굉장히 낭만적인 사명감 넘치는 인생이라고 할 수 있지만, 자칫하면 한순간에 나를 잃는 위험한 상황이 될 수도 있다. 나의 경우, 평생을 함께한 피아노를 제쳐두고 오롯이 고유한 '나'라는 존재에 대해 생각해 볼 기회가 없었으니, 피아노가 없어지면 '길을 잃은 미아'가 되는 것과 다름없었다. 어떤 것에 너무 집착하고 의존하게 되면 그것이 아무리 고귀한 것일지라도 그것과 함께 할 수 없는 순간이 온다면 삶과 존재가 괴로움이라는 그림자에 뒤덮인다는 것을 처음 알아차린 순간이었다.

피아노가 없는 나라는 존재는 무엇인가?

음악 없이, 피아노 없이 나의 인생은 무의미해지는가?

음악인이 아닌 임현정은 더 이상 가치가 없는 사람인가?

아름다운 음악 없이 '나'는 존재의 가치가 없는가?

피아노를 연주할 수 없는 '나'는 더 이상 흥미롭지 않은가?

손을 다쳐서 피아노를 못 치게 되면 나의 인생은 무의미해지는 것인가?

그럼에도 불구하고 행복할 수 있을까?

그렇다면 고유한 '나'는 무엇인지, 바로 그 '나'에 대해 탐구해야 한다. 우선 탄생부터 거슬러 올라간다. 한 사람이 이 세상에 태어날 확률을 숫자로 계산해 보자. 얼마나 어려운 확률로 태어나는지 안다면 생명의 귀중함을 스스로 확인하고, 우리가 얼마나 존귀한지 체감할 수 있다.

우리의 지구가 속해 있는 우리은하 안에 약 사천억 개의 별이 있다. 우리은하와 제일 가까운 은하계가 안드로메다은하인데, 여기에는 조 단위의 별이 존재한다. 이러한 은하가 우주에 1700억 개 이상이 있다고 하는데, 각각의 은하는 최소 1000만 개에서 최대 100조 개 이상의 별로 이루어져 있다고 한다. 우선 이 수많은 은하는 제쳐두고, 우리은하와 안드로메다은하만 보더라도 이 은하의 지구라는 별에서 수많은 생물 중에 만물의 영장으로 불리는 사람이라는 생명체로 태어날 확률은 감히 상상하기도 힘들다.

사람으로 태어나기가 얼마나 어려운지를 이미 몇천 년 전 불교 설화에서 말하고 있다. '맹구우목盲龜遇木', 즉 눈먼 거북이가 나무판자를 만난다.

바다에 사는 눈먼 거북이가 100년에 한 번 물 위로 고개를 내미는데, 그때 마침 바다 한가운데를 떠다니는 구멍 뚫린 나무판자를 만나서 거북이 머리가 우연히 판자 구멍 안에 들어갈 확률만큼 인간의 몸을 받기는 불가능에 가까울 정도로 어렵다고 한다.

내가 현재의 부모로부터 태어날 확률, 내가 지금의 나일 확률을 숫자로 풀어보자. 여성은 일생에 300에서 500개 정도의 난자를 배란하고, 남성은 일생 약 1조 5000억 개의 정자를 생성한다. 사람이 태어나기 위해 치열하고도 기하급수적인 확률 수치에서 살아남아야 한다는 것이다. 그뿐만 아니다. 열 달 동안 어머니의 살신성인 봉사로 내가 가까스로 태어난다.

그렇게나 많은 은하계의 별 중에서 지구 생명체로 태어났다는 것과, 만물의 영장인 인간으로 태어났다는 것은 어렵고도 어려운 과정이 아닐 수 없다. 그야말로 기적이자 축복이다. 사람으로 태어난다는 것은 존엄하고 존귀하며 고귀하고 숭고한 일이기에 아무리 못나고 못생기고 부족한 사람이라고 생각되어도 본질적으로 생명은 존재 자체만으로도 존중받아야 하는 존엄성이 있다.

같은 지문을 가진 사람은 이 세상에 단 한 명도 없고 과거에도 없었고 미래에도 없을 것이라는 경이로운 유일무이함! 그 무엇과도 대체할 수 없는 존재가 바로 '나'다.

우리가 존재하는 것은 기적의 확률이다. '전 세계에 나는 오직 나'다.

> "자신의 인생을 사는 방법은 두 가지 방법밖에 없다. 하나는 모든 것이 기적인 것처럼 사는 것, 다른 하나는 아무것도 기적이 아닌 것처럼 사는 것이다."
>
> — 알베르트 아인슈타인, 과학자

존재 전체가 환희에 휩싸이는 인생. 모든 것을 기적으로 바라볼 때 시작된다. 모든 것을 당연하게 여기는 순간 세상 모든 것이 진부해진다.

· 그럼에도 불구하고 행복할 수 있는가

우리는 존재한다는 자체만으로 이미 고귀하고 전무후무하고 유일무이한 존재임을 알게 되었다. 그렇다면 그다음 질문으로 넘어가 보자.

자신을 정의하는 직업이나 사명, 타이틀이나 역할이 사라져도 행복할 수 있는가?

무엇 때문에, 무엇이 있어서, 무엇을 해서 행복한 것이 아니라,

혹은 누구 때문에, 누가 있어서, 누가 무엇을 해주어서 행복한 것도 아니고,

혹은 어떤 것 때문에, 어떤 것이 있어서, 어떤 것을 해서 행복한 것이 아닌,

있는 그대로, 그 어떤 이유 없이 '그냥' 행복할 수 있는가?

존재만으로 '그냥' 행복할 수 있는가?

아무것도, 아무도 없는 방 안에서 맨몸으로 30분 동안 평온하게 존재할 수 있는가?

어떠한 사명이나 직업, 혹은 역할에 모든 인생을 다 바치고 있다면 더더욱 자신에게 던져야 하는 질문들이다.

'나'라는 존재와 '행복'에 대한 본질적인 탐구는 10대 후반과

20대 초반의 나에게 있어서 황량하고 삭막한 바다를 건너는 돛단배의 나침반이자 등대였다. 일찍 음악 활동을 시작한 내게 이러한 근본적이고도 내면적인 관찰은 오히려 너무 커리어에 집착하지 않고 마음의 여유와 든든한 자신감이 생기게 했다. 그래서 커리어 성장보다 음악적인 성장에 더욱 집중했고, 고유한 '나', 즉 지극히 진정성 있는 음악을 표현하는 데 있어서 더욱 힘을 얻었다. 원하는 만큼 빨리 되지 않거나 뜻대로 되지 않아도 초조해하지 않고 나만의 템포를 존중하며 나아갈 수 있었다.

그리고 그 누구의 길도 아닌 나, 나에게 가장 적합하고 가장 나다운 유일무이한 길, 남이 닦아놓은 길이 아닌 새로운 길을 개척하는 데 더욱 웅대하고 거침없게 나아갈 수 있었으며, 다른 이들의 권력이나 시선에 얽매이지 않고 편안하고 당차게 커리어를 스스로 지휘할 수 있었다.

더 나아가 '세계적인 피아니스트'라는 타이틀이나 호화로운 커리어보다 더 중요한 무언가가 있다는 것을 알려주었다. 그 무언가는 무대 위에서도 내가 추구하는 음악적 이상을 당차게 표현할 수 있도록 이끌어 주었다.

아무것도 아무도 없는 방 안에서 오로지 영혼의 숨결만으로도 충만감을 느낄 수 있는가. 어떤 것도 없이, 존재 자체만으로도 충분하고 온전하며 완전하다는 것을 느끼는가.

큰 행복만 중요한 게 아니다. 행복이 있기 전에 기쁨이 있고, 기쁨이 있기 전에 만족감이 있다. 그저 사소한 것에 감사하고 기쁨을 끌어내는 것. 그것 하나만으로도 우리는 행복의 비결을 손에 거머쥘 수 있다. 강렬하게 현재를 느끼고 현재로 존재하는 것이다.

뻔뻔함이 좋아서

살면서 한 번쯤은 개성이 있는 사람이 되고 싶다는 생각을 해본 적이 있을 것이다. 예술인들에게는 특히 무시할 수 없는 자리를 차지하고 있는 부분이 바로 '개성'이다. 어떤 미술 작품을 보고 화가가 피카소인지, 클림트인지 단번에 알 수 있는 이유는 작가 자신만의 개성이 있기 때문이다.

음악에서는 프로코피예프나 풀랑크, 혹은 바흐나 쇼팽같이 시그니처, 즉 개성이 뚜렷한 작곡가의 음악은 몇 마디만 들어도 누구의 곡인지 금방 알아차린다.

하늘에서 내리는 수많은 눈송이 중, 같은 결정체를 가진 것은 단 하나도 없고, 사람들의 지문도 각기 다르다. 참으로 경이로 운 사실이 아닌가. 지구에 온 순간부터 우리는 존재로 이미 전무후무하며 유일무이하다.

장작불이 타고 있는 소리는 과연 어떤 소리일까? '타다닥' '탁' '타다다다 탁'. 장작 소리에 정답은 없듯 사람도 그저 자유롭고 솔직하게 자신만의 소리로 표현하는 것뿐이다.

만약 예술에 정답이 있다면 같은 나무를 열 명의 화가가 그렸을 때 열 개의 똑같은 그림이 나와야 한다고 피카소는 말했다. 하지만 화가의 수만큼 각자 유일한 그림이 나오기 마련인데, 그것은 바로 자신의 유일무이한 영혼의 소리를 내는 것이 예술의 아름다운 역할이기 때문이다.

반 고흐는 동생 테오에게 보낸 편지에서 이렇게 말한다.
"사람들은 우리 화가들에게 항상 그림을 구성하라고 하면서 그냥 조성만 하라고 하지. 그래, 하지만 음악에선 그렇지 않거든. 어떤 사람이 만약 베토벤을 연주하게 되면 자신의 개인적인 해석을 불어넣을 거야. 음악에서는 작곡가를 해석하는 것이 중요하거든. 그리고 작곡가만 자신의 곡을 연주하라는 법은 없잖아."
반 고흐가 베토벤을 언급하면서 연주자들의 가려운 부분을 이렇게나 잘 긁어주다니 감탄만 할 뿐이다. 뒤이어 말한다.
"고갱과 베르나르도 같은 것을 느끼고 있긴 한데, 사람들은 나무의 올바른 모양이 무엇인지는 묻지 않으면서, 우리가 그리는 그림의 모양이 정확히 원형인지 사각형인지를 무조건 얘기하라고 한단 말이지. 참, 사진 같은 완벽함이나 고리타분한 사람들한테 찌들어서 그러는 것인지. 산의 확실한 색깔이 무엇인지는 묻지 않으면서 우리가 그림을 그릴 때는 '맙소사, 산이 파란색이면 그냥 파란색으로 그릴 것이지 그 파란색이 이런 식의 파란색이다, 저런 식으로 파랗다는 둥, 자꾸 설명하면서 귀찮게 하지 말고 그냥 파란색이면 파란색으로 그려라'라고 한단 말이지."

각자의 개성을 표현하는 것에 거부감을 느끼고, 한없이 뻔한 완벽함을 원하는 사람들 때문에 반 고흐나 고갱, 그리고 베르나르 같은 예술인들이 힘들어하고 분개하는 모습을 보며, 그때나 지금이나 예술인들이 같은 종류의 고민을 한다는 사실이 씁쓸하면서도 흥미롭다.

예술에는 어떤 특정한 정답은 존재하지 않고 최상의 선택만이 있을 뿐이다. 다르게 말하자면, 예술인의 수만큼 정답이 존재한다. 감정 팔레트의 무한한 가능성을 보며 '이것'이라고 가슴을 관통하는 것을 추구하는 것이다.

'이래야 한다, 저래야 한다'로 가득 찬 카오스 속에서 진정한 자신의 목소리를 듣기는 쉽지 않다. 무엇을 원하는지를 파악하기 어려울 때가 있다. 설령 자신이 원하는 것이 무엇인지 확실히 안다고 할지언정 수많은 검열을 뚫고 용기 있게 자신의 목소리를 낼 것인지, 아니면 느끼는 감정을 억제하고 남의 시선을 우선시하며 타협할 것인지 딜레마 속에서 힘들어한다.

예술은 '맞다', '아니다'를 논하는 데 초점이 있는 것이 아니다. '진정으로 원하는 것과 간절히 전달하고 싶은 메시지가 무엇인가', '어떤 선택을 할 때 가장 기운이 나는가', '나와 세상을 위해서 가장 이로운 것이 무엇인가' 등 자신을 떳떳하게 관통시키는 것이 무엇인지를 듣고 진실하게 표현하는 데 초점을 둔다. 꼭 위대한 예술작품을 해야 한다는 생각보다는, 진실한 나만의 목소리를 내는 것이다.

위대함보다 지극한 나다움을,
완벽함보다 충만함을.

나에게 개성이란, 추구하는 것이 아니라 받아들이는 것이다. 나 자신이 온전히 진정으로 표현될 때 다른 이들은 비로소 그것을 개성이나 유니크함으로 느끼는데, 그 이유는 바로 우리는 존재 자체로 이미 유일무이하기 때문이다. 개성을 가지려고 노력할 필요도, 특별하게 보이는 다른 사람을 닮으려고 할 필요도 없다. 그냥 자기 자신이기만 하면 된다.

고유한 나를 그대로 존중하고 표현해 세상에 '나'라는 유일무이한 존재를 누릴 영광을 선물로 주는 것이다. 만약 내가 나를 무시하고 다른 누군가를 닮으려고 한다면, 나는 세상으로부터 '나'라는 고유한 존재를 누릴 권리를 빼앗는 것이다.

이토록 난잡하게 외모지상주의나 물질만능주의가 만연하는 사회에 살고 있는 우리는, 역사를 통틀어 아마 가장 심하게, 깊이 없이 표면적인 것에 빠져 있는 시대를 살아가고 있지 않을까 생각한다. 각종 SNS나 텔레비전, 잡지, 라디오 등 미디어는 정말 당황스럽도록 외모에 집착하고 겉모습에 매달리며 우리의 마음을 난잡하게 만든다. 영혼보다는 겉모습을 더 중요시하고 알맹이보다 포장을 내세우며 정말 중요한 것에서는 멀어지게 한다. 이러한 지상주의에 심하게 노출된 우리는 자존감 상실, 박탈감, 괴로움, 우울증에 많이 예민해지고 연약해지기 십상이고, 육체에 쉽게 집착하기 마련이다.

하지만 유일무이하고 전무후무한 우리는 부각된 재능이 있든 없든, 거울에 비치는 내 모습이 좋든 싫든 존중받고 사랑받을 권리가 있으며 숭고하고 존귀하다. 존재가 기적이고, 고귀함과 진귀함, 그리고 형용할 수 없는 아름다움이 이미 내포되어 있다. 그 어떤 성형수술이나 외면적인 아름다움으로도 재현할 수 없는 무한하고도 기적적인 그런 아름다움 말이다.

이렇듯 나는 이미 유일한 존재인데, 그것을 벗어나서 다른 개성을 추구할 필요가 없다. 어차피 다른 사람들은 이미 각자 그들이고 나는 나 자신일 뿐이다. 우주에서 가장 존귀한 예술작품인 자기 자신, 그 유니크함을 경이로운 눈으로 바라보고 존중하길 바란다.

위대한 예술인들의 뻔뻔함을 동경한다. 베토벤은 친구이자 형제로 칭했던 출판업자 호프마이스터에게 그렇게 작곡하면 안 된다고 비판하는 비평가를 향해 그냥 마음껏 떠들게 내버려두라고, 어차피 신만이 줄 수 있는 불후의 명예를 그들이 빼앗을 수도, 줄 수도 없는 것이라고 했다. 너무나도 '쿨하게' 자신을 대변하는 베토벤의 뻔뻔함. 그리고 문제되었던 작곡 방식을 곧바로 자신의 교향곡 도입부에 보란 듯이 그려 넣은 뻔뻔함.

졸업 시험 곡으로 위대한 작곡가의 피아노 협주곡 중 하나를 연주해야 하는데, 심사위원들의 분개를 일으키며 자신이 직접 작곡한 피아노 협주곡으로 지정곡을 대체한 프로코피예프의 복식 호흡을 한 후 아래의 질문에 조용히 눈을 감고 대답한다.

- 내가 나를 진정으로 사랑하는가?
- 내가 나를 진정으로 사랑하는 것이 중요한가?
- 내 이웃을 내 몸같이 사랑하라고 했는데, 내 몸을 자책하며 이웃을 진정으로 사랑할 수 있는가?
- 내가 나를 무조건 사랑하지 않고 남을 조건 없이 사랑할 수 있을까?
- 나쁘게 평가받을까 봐 두려워 나 자신을 표현하고 싶은 욕구를 억압하고 있지는 않는가? 자신을 맨 꼴찌로 생각하지 않는가?
- 내가 나를 정말 진정으로 사랑하면 안 되는 이유라도 있는가?
- 내가 정말 나를 사랑한다면 나는 지금 어떤 일을 하고 있는가?
- 나 자신을 진정으로 사랑하고 응원한다는 것을 나에게 어떻게 증명할 수 있는가?
- 자신을 사랑하는 것이 얼마나 중요한 일인지 어린 친구들에게 어떻게 모범을 보여줄 수 있을까?

- 나에게 무한한 돈과 건강이 있고 만인의 사랑과 인정을 받으며 살고 있다면, 나는 무엇을 하며 살고 있을까?
- 지금 나의 삶이 그 삶과 동등한가?
- 무엇이 내가 그 인생을 아직 살지 못하게 하는가?
- 살 날이 사흘 남았다면 무엇을 할 것인가?
- 살 날이 삼 개월 남았다면 무엇을 할 것인가?
- 삼십 년 후의 나의 모습은 어떠한가?
- 다른 존재와 밀접하게 연결되어 있음을 확실히 안다면 내 생각과 말과 행동이 어떻게 바뀔까?

나는 존재 자체로 무한한 사랑이며 숭고하다고 느낀다.

뻔뻔함. 더욱 놀라운 사실은 졸업 시험을 앞둔 몇 달 전, 그 문제의 곡을 초연한 후 《모스크바의 목소리》라는 신문에 "거칠고 투박하며 원시적이고 본성의 깊이가 부족하다. 진정한 재능은 아니다"라는 쓰고 떫은 비판을 받았다는 사실. 그럼에도 개의치 않고 고작 스물두 살의 나이에 같은 곡을 졸업 시험장으로 끌고 와서 도전장을 던져버린 프로코피예프의 뻔뻔함. 현재 그 문제의 협주곡은 오늘날 가장 사랑받는 피아노 협주곡 중 하나로 꼽힌다.

"작곡하는 데 있어서 나의 표준은 '본능'이다", "작곡할 때 나는 원칙이란 것이 없다. 그리고 그것을 아주 자랑스럽게 여긴다", "나의 작곡에는 시스템이 단 하나도 없다. 그리고 그 점을 신께 감사히 여긴다" 등의 뻔뻔한 명언의 주인공인 프랑스의 대표적인 작곡가 풀랑크.

이 명언이 전달하는 느낌대로 그의 음악은 전통에 얽매여 있지 않고 첫 마디만 들어도 바로 풀랑크의 음색임을 알아차릴 수 있다. 그만큼 독특하고 독보적이다. 여기서 "전통에 얽매여 있지 않다"라는 말은 전통을 '모른다'는 뜻이 아니다. 풀랑크 이전의 베토벤, 쇼팽, 브람스, 그리고 같은 세대의 프로코피예프가 그랬듯이, 풀랑크 역시 과거의 전통을 흠뻑 흡수해 체계를 잡은 후 자신의 독자적인 세계를 자유롭게 펼쳤다. 틀 안에 갇혀 자신의 전무후무한 개성을 억누르는 것이 아닌, 그 어떠한 눈치도 보지 않고 내면의 목소리를 마음껏 뽐낸 것이다.

이 독불장군 같은 뻔뻔함을 정말 동경하고 또 동경한다. 나에게 등대같이 예술의 여정을 밝혀주고 있는 반 고흐의 고백이다.
"이 세상은 나한테 거의 중요하지 않아. 내가 세상에 빚진 것이 있다는 점만 뺀다면 말이다. 30년 동안 이렇게 세상에서 유유자적했으니, 그 은혜를 갚아야 하지 않겠어. 그러기 위해서는 감사하는 마음으로 데생이나 그림 몇 점 정도는 남겨야 할 의무가 나에게 있는 것이야. 하지만 이 그림들은 이런저런 시류에 맞추며 누구에게 잘 보이기 위해서 그려진 것이 아니라, 진실한 인간의 감정을 표현하기 위해서 그려진 것이야."

가장 중요한 건
눈으로 볼 수 없다

기적같이 아름다운 작품을 보거나 들을 때 이성과 이해를 벗어나 머리를 하얗게 만드는 신비로움을 느낀다. 30년 가까이 쇼팽의 〈녹턴〉을 연주하지만, 그 음악의 아름다움은 날이 가면 갈수록 더욱 증폭하고 경이로움까지 느낀다.

그렇게 많은 시간이 흘렀지만, 이 음악이 도대체 왜 아름다운 것인지 온전히 이해하는 것은 내게 불가능하다. 음악이란 일 더하기 일은 이처럼 정확한 정답이 있는 것도, 어떠한 논리나 증명된 공식으로 창조되는 것도 아니다. 왜, 그리고 어떻게 아름답고 감동적인지, 일시적인 끌림이 아니라 한평생을 함께해도 계속 신비롭게 느껴지는 이유는 무엇인지, 사실 알 수가 없다. 그래서 음악의 아름다움은 영원히 미스터리로 남을 것이다.

이런 마법 같은 신비로움을 보존하자고 말하고 싶다. "가장 중요한 건 눈으로 볼 수 없다"고 생텍쥐페리가 말했다. 눈으로 보이지 않고 진동으로 다가와 우리의 마음에 전율을 일으키는 음악은 그 성질과 본질 자체만으로 그 어떤 예술보다 미스터리와 신비로움을 담고 있다. 따라서 난 음악의 미스터리를 파헤쳐서 그 신비로움이 없어지는 일(애초에 가능하지 않은 일)을 포기하고자 한다.

음악은 책이나 악보 속에 갇혀 있지 않다. 음악은 숲속에, 산속에, 강의 흐름 속에, 무지개와 안개 속에 존재한다. 경청하고 받아들이면 그 속에 소리가 존재하는 것을 알 수 있다.

자연이라는 책 속에서 노을은 전개의 스승이고, 파도는 유연함을 알려주고, 빗방울은 영롱함을 가르치고, 소낙비는 열정의 모범이다.

나뭇잎을 흔드는 바람 소리는 트릴trill, 음악에서의 꾸임음을 들려주고 안개는 피아노의 페달링을 과시한다. 빛살에 비비하게 번쩍거리는 바다. 그 바다는 긴장감으로 파르르 떨리는 나의 손이 되어 건반 위에 찬란한 광채로 나타난다.

이것이 자신의 유일무이한 독자성과 만날 때 예술은 시작된다. 각 시대의 예술을 통해 우리는 당대의 아름다움과 그때를

1999년 프랑스에 막 도착한 나는 피아노로 펼칠 내 음악을 꿈꿨다.
피아노 한 대, 악보 하나. 수백 년 전 작곡가들은 오선지 위에
어떤 마음으로 음표를 적었을까. 창작의 고통? 영감의 자유? 음악적 해방?
하지만 그들도 알았을 것이다.
음악이란 오선지와 음표로만 표현되지 않는 것임을.

〈자유 4〉, 2000

살았던 인류의 깊이를 만끽하고 관찰한다.

노을보다 더 음악적인 것이 있을까.

완벽의 사랑

살면서 한 번쯤은 완벽한 존재이고 싶다는 생각이 든 적이 있을 것이다. 누가 봐도 무엇이든 잘하고, 실수 한번 하지 않는 완벽한 존재 말이다. 피아노를 연주할 때도 마찬가지다. 예술적 이상을 추구하는 이상, '완벽'이라는 개념은 종종 나로 하여금 사색에 잠기게 한다. 완벽의 정확한 정의는 무엇인지 우선 근본적인 의미부터 살펴보자.

완벽完璧. 完완전할 완. 璧둥근 옥 벽. 옥벽은 둥글납작하고 중앙에 둥근 구멍이 있는 옥으로 만든 물건이며, 예로부터 아름다움의 상징으로 여겨져 왔다. 완벽이라는 단어는 여기에 결함이 없다는 뜻을 더해, 흠이 없는 구슬, 즉 결함 없이 완전함을 이르는 말이 되었다.

프랑스어나 영어로 똑같이 'perfection'이라고 쓰는데, 이 단어의 어원을 살펴보면 라틴어의 perficio페르피키오까지 올라간다. perficio의 -ficio는 무엇을 '하다'라는 뜻이고, per-는 '끝까지'라는 뜻으로 해석된다. 따라서 perfection은 '끝까지 하다'라는 의미로 볼 수 있다.

한자어나 라틴어, 즉 뿌리 언어로 본질적인 의미를 살펴보면 우리가 흔히 생각할 수 있는 '틀리지 않는', 혹은 '실수 없는' 등의 의미가 아니다. 완벽의 '벽'이 뜻하는 둥근 옥벽조차 중간에 구멍이 나 있다. 완벽이란 둥글게 꽉 차 있는 '구슬'과 그 속에 존재하는 텅 빈 '공간'까지 포함한다는 것이다. 이어서 '완전'이란, 필요한 게 전부 갖춰져 모자람이 없음을 가리키고, 부족한 부분 없이 갖췄다는 데 의미를 둔다.

아름답기만 해서, 부드럽기만 해서, 쉽고 간단하기만 해서, 밝기만 해서, 혹은 강렬하기만 해서 완벽한 것이 아니다. 어둠과 밝음, 음과 양을 다 갖추고 있을 때 완전한 것이며, 그때 비로소 완벽하다고 할 수 있다. 음과 양, 그 극과 극이 모두 나오는 무한한 가능성의 '자리'를 완벽이라고 할 수 있겠다.

이 모든 것을, 즉 완벽함을 자유자재로 나타내고 표현할 수 있는 '자리'가 있다. 바로 우리 마음이다. 마음은 먹는 대로 표현할 수 있고, 생각하고 상상하는 모든 것을 표현하고, 때로는 행동으로 옮겨서 실현해 낼 수 있다. 우리가 지금 무슨 생각을 하고, 어떤 선택을 하느냐에 따라서 우리의 내일, 아니 지금이 완전히 달라진다. 마음먹은 대로 된다는 것이다.

그 모든 것, 즉 완벽함이 나오는 무한한 가능성의 자리가 바로 우리 마음이며, 인간의 무한한 가능성을 온전하고도 완전한 '완벽'이라고 정의하고 싶다.

지금 나에게 완벽이란 피아노 앞에서 쉽게 술술 풀릴 때만이 아니다. 어렵고 힘들어서, 발전할 기회가 왔을 때 오히려 더 승화하는 것을 느낀다. 물론 몇십 년간 연습하며 무대에서 수백 번 연주한 곡들을 계속해서 무대에 올리는 것이 편할 수도 있겠지만, 아직 한 번도 연주하지 않은 곡을 새로 배워가며 나의 부족함을 열렬히 느끼는 것도 공부 과정에 있어서 아찔하지만 가장 짜릿한 일 중 하나다.

왼쪽, 오른쪽이 완벽하게 대칭하는 인간의 얼굴은 존재하지 않는다고 한다. 자세히 보면 눈썹 높이, 눈 크기와 모양 등 많은 것이 조금씩 다르다는 것을 알 수 있다. 과학적인 실험에 의하면 같은 사람의 얼굴을 컴퓨터로 조작하여 양쪽이 정확하게 대칭한 사진과 본래 얼굴의 사진을 보여주면 거의 100퍼센트의 확률로 본래 얼굴에 더욱 호감이 간다고 한다. 인위적으로 완벽해 보이는 얼굴보다는 밸런스는 불완전해도 자연스러운 얼굴이 더 좋다는 것이다.

자연도 마찬가지다. 정확하게 규칙적인 리듬으로 떨어지는 빗방울은 없고, 양쪽이 정확하게 대칭하는 나뭇잎이나 나무는 존재하지 않는다. 완벽한 자연의 질서에서조차 항상 예외는 존재한다. 심지어 음계의 기준이 되는 평균율도 완벽하지 않고, 자연 자체의 순정률 또한 비규칙적이다.

사람의 들숨 날숨 또한 정확한 리듬으로 쉬어지는 경우는 없다. 오페라 가수가 노래할 때도 높은음을 부를 때 자연스럽게 숨을 더 크게 쉬게 된다. 그러면서 리듬은 자연스럽게 길어지고 루바토, 즉 리듬의 자유가 탄생한다.

피아노를 연주할 때도 영혼과 함께 숨을 쉬며 연주하면 음악은 템포 안에 갇히는 것이 아니라 템포를 자유자재로 창조하게 된다.

아인슈타인은 이렇게 말한 바 있다. "사람이 규칙적인 군대식 음악 소리에 발맞춰서 행진하는 것을 경멸한다. 그것을 즐기는 인간은 뇌를 가질 자격이 없다. 척수만 있으면 그를 만족시키기 때문이다." 그럼 딱! 딱! 거리는 메트로놈에 딱 맞춰서 피아노 연주를 하는 것은 얼마나 더 경멸할까.

나는 눈을 감고 마음속으로 완벽하고 이상적인 아름다운 연주를 수도 없이 연습한다. 하지만 무대에 나가서 두려움 없이 혼신의 힘을 다해 연주할 때조차 가끔 나의 마음속에서의 연주와는 다르게 표출되기도 한다. 부족함이라고 부를 수도 있겠지만, 그것조차 옥벽의 둥근 구멍처럼 내 인생의 중요한 일부이고, 완벽함을 이루는 부분이라고 생각한다.

소위 사회의 틀 안에서 정해진 기준에 완벽하게 적합한 인간이 존재한다고 한들, 우리에게 결국 가장 아름답고 완벽해 보이는 사람은 자신이 사랑에 빠진 대상이다. 불완전함을 완벽함으로 보이게 하는 것이 바로 사랑의 힘이고, 사랑이야말로 완벽의 원천이다.

어렸을 때부터 유럽에서 수학하며 한국의 음악과 문화에 대한 그리움을 정말 많이 간직했다. 한국에 대해서 몰라도 너무 몰랐던 1999년도의 유럽인들. 한국 사람이라고 말하면 그 나라가 어디인지 묻는 사람들이 99퍼센트였다. 어린 나이에는 그 사실이 너무 충격적이었다. 등잔 밑이 어둡다고 하던가. 한국에 있을 때는 느낄 수 없었던 애국심이 폭발하기 시작했다.

"한국인의 이미지가 손상되지 않도록 너의 모든 행동이 예의에 어긋나지 않도록 항상 공손한 자세와 겸허한 마음으로 바른 생활을 해야 한다." 그리고 "한국과는 다른 유럽인들만의 문화도 있지만 한국인의 긍지를 잊어서는 안 되며, 우리 한국을 빛

(아빠가 가장 사랑하는 딸 현경이 에게)

현경아 그동안 공부 잘하고 피아노 열심히 되고 학교 생활도
원하리 감 적응하고 있겠지 아무쪼록 학교 국민이란
이 미지가 손상 되지 안도록 너의 모든 행동에 예의에 어긋
나지 안하야 하며 항상 겸손한 죄에와 겸허한 마음으
로 바른 생활을 하여야 한다 그리고 열심히 공부하는
것도 중요 하겠지마는 그못지 안게 몸 관리를 잘하여 된다
그리고 충분히 잠을 자야만 몸이 괴온 하지 안음병이 다 그러

마음으로 정확한 생활을 하여야 된다 그리고 우리
한국과 달리 그 사람들의 문화 생활도 있을 텐데
너는 한국사람이란 긍지를 잊어서도 안된다 수만은
우리 한국사람이 외국으로 유학가 우리 한국을 빛네는
사람 터러 있기는 하리만 너도 우리 한국을 빛낼
수 있는 충분한 자격이 있으니 열심히 노력하면 우리
현경이는 너의 꿈을 이룰수 있으리라 이 아빠는
믿는다 그게그 현경, 날씨는 점점 추어 지는데

내는 사람들이 더러 있기는 하지만, 너 또한 우리 한국을 빛낼 수 있는 충분한 자격이 있으니 열심히 노력하면 너의 꿈을 이룰 수 있으리라 믿는다." 아버지의 응원에 힘입어 언젠가 한국인으로서 음악인으로 우뚝 성장하여 한국을 널리 알리리라 굳건히 다짐했었다.

서양음악을 혼신을 다해 탐구하고 연구하면서 한 피아니스트로서 전 세계에 나의 음악을 각인시켰으나, 세월이 흐르면 흐를수록 정작 내 조국의 음악에 대해서는 다양한 지식이 없다는 것을 알고 그리움은 허전함으로, 오기는 목마름으로 증폭했었다. 특히 저명한 오케스트라와의 연주회를 성황리에 끝냈음에도 많은 서양인이 내게 "당신은 당신 나라의 음악은 하지 않나요?"라고 물어볼 때면 뭔지 모를 서러움이 올라오곤 했다. 그도 그럴 것이 만약 외국인이 우리나라의 판소리를 멋지게 연주했다 한들, 그는 어디까지나 '외국인'으로서 '우리'나라의 음악을 잘하는 것이 아닌가? 그리고 충분히 그에게, "당신 나라 음악도 연주하느냐"고 물어볼 수 있는 것이다.

결국 2012년도 영국의 로열 앨버트 홀에서 라흐마니노프 〈피아노 협주곡〉 2번으로 로열 스코틀랜드 국립오케스트라와 데

뷔무대를 가졌을 때, 앙코르곡으로 6000명의 청중에게 한국을 널리 알리고 내가 한국인이라는 것을 각인시키고 싶어 우리나라 〈밀양 아리랑〉 테마를 사용하여 〈아리랑 판타지〉를 작곡했다. 특히 일본에서 연주할 때마다 집요하게 아리랑을 연주하는데, 마지막 코다(끝 부분에 특별히 추가한 부분)에서 폭풍같이 몰아친 후 '아~리라앙 아~리라앙 아~라~리~요'를 노래 부르며 연주할 때 왠지 모를 눈물이 흐르곤 한다.

동서양의 조화로운 만남에 깊은 충만감과 큰 하나 됨을 느낀다. 2021년 국립국악관현악단과 이영자 선생님의 관현악 시리즈 '대립과 조화 : 콘체르토'의 피아노와 국악관현악을 위한 협주곡 〈닻을 내리며〉 작품의 협연에 솔리스트로 초청받은 적이 있었다. 나에게 있어서 이 공연은 내 영혼을 대변해 줄 정도로 고귀했다. 음악이 끝나고 피아노에서 일어나 무대를 떠나기가 싫을 정도로 이 순간이 영원히 지속되길 바랐다. 아직도 그 울림에서 떠날 수가 없다. 그 후 서울시국악관현악단과 함께 국악 악기로 앙상블을 이룬 경험도 찬란한 행복이었다.

외국인이 국악을 배우려면 우리나라에 와서 배우는 것이 당연하듯, 나도 클래식 음악을 배우기 위해 프랑스로 떠났다. 판소리를 배우러 우리나라에 온 백인을 신기해하듯, 자신들의 음악을 배우러 유럽으로 온 동양인을 신기해하는 것은 어쩌면 자연스럽다. 한 백인이 자신의 종교는 불교라고 말하며 사찰에 가는 것이 신기한 모습일 수 있는 것과 같이, 유럽인들도 동양인이 기독교를 믿는다고 하면 신기할 수 있는 것이다. 1999년도 당시, 내가 스스로를 크리스천으로 정의하자 "당신 나라에는 당신 나라만의 고유한 종교가 없나요? 왜 우리 종교를 믿어요?"라고 물어보던 프랑스인들이 기억난다. 정체성의 혼란이 제대로 왔던 순간이었다.

그러나 우리의 사상이 지리적인 한계에 갇히거나 겉으로 뻔히 보이는 것을 넘어선 그 이상의 세계를 보지 못한다면 우리의 정신은 우물 안의 개구리로 머무른다. 동서양의 차이점 안에 갇혀서 더 넓은 세상을 바라보지 못하는 것은, 눈으로만 관찰되는 세상의 한계 안에 머물러 있기 때문이다. 어린 왕자의 명언이 말해주듯 '가장 중요한 것은 눈에 보이지 않는다'.

눈으로 말고 마음으로 느껴보자. 순수하게 본질 자체를 바라본다면, 종교란 서로 자신이 맞다고 주장하며 분쟁과 전쟁을 일으키는 교리나 교의를 초월하여 모두를 사랑으로 화합시킬 수 있는 위대한 것이 아닌가? 예술도 마찬가지로 우리의 존재를 이렇다 저렇다 정의하는 여러 가지 라벨(예를 들어 여성이니 남성이니, 사장이니 직원이니, 백인이니 황인이니, 선생이니 학생이니)과 외부 요소들을 떠나, 영혼에서 영혼으로 순수한 존재 자체로 소통할 수 있는 범우주적인 것이다. 하여 순수의 본질로 보았을 때 '서양'과 '동양'의 라벨을 구분지어 붙이는 것은 모순이다.

아이러니한 것은 동서양과 같은 극과 극의 개념을 초월하고 나의 정신이 확장되면 확장될수록 나의 뿌리와 정체성이 더욱 강해진다는 사실이다. 하나 됨을 느끼면 느낄수록 유일무이함과 개성이 더욱 뚜렷해진다는 것이다. 빨주노초파남보 일곱 가지 색깔로 만든 예술 작품을 본다고 해보자. 여러 색이 각각 아름다운 개성을 지니지만, 함께 어우러졌을 때 아름다운 작품을 만들며 조화를 이룬다. 각자의 고유함과 전체의 조화는 상극이 아니다. 이 둘이 공존할 때 아름다운 작품을 만들 수 있다.

아름다운 작품과 조화, 그 숭고한 하나 됨은 각각 고유의 색을 유지할 때 가능하다. 또한 서로 다름을 존중하고 인정할 때 가능하다. 만약 어떠한 이유에서든 빨주노초파남을 보라처럼 만든다고 고유함을 버리려고 한다면, 결국 보라색도 아니고 흐릿

하며 특유의 색채도 잃는다. 사람에게 비유하면 자기 자신을 잃는 것이다. 고유한 나를 그대로 존중하고 표현해 우주에도 나라는 유일한 존재를 누릴 영광을 선물로 주면 어떨까. 만약 내가 나를 무시하고 다른 누군가를 닮으려고 한다면 나는 우주로부터 이 고유한 '나'라는 존재를 누릴 권리를 뺏는 것이다.

> 네 자신이 되어라. 다른 사람은 이미 있으니까.
> Be yourself. Everyone else is already taken.
>
> — 오스카 와일드, 소설가

역으로 다른 색깔을 존중하거나 인정하지 않고 자신과 똑같은 색깔로 만들려고 강요하면 분쟁과 전쟁이 일어나 불행을 초래한다. 강요는 사랑이 아니다. 지배의 시작이다. 그것은 종교나 교리나 사상도 마찬가지라고 생각한다.

프랑스에서 살면서 나의 이름을 올바르게 발음하는 사람을 거의 만나본 적이 없다. 학교에서는 발음하기 너무 어려우니 부르기 쉬운 프랑스 이름을 하나 만들라는 제안을 종종 하기도 했다. 하지만 나는 그들에게 맞추기 위해 내 이름을 바꾸고 싶지 않았다. 무언가 모를 신의를 저버리고 싶지 않았다. 그들과 비

숫해지기 위해서 나의 정체성을 지우기보다는 그들이 나를 있는 그대로 인정하고 존중해 주기를 바랐다. 파리국립고등음악원에서는 개량한복을 입고 다니면서 한국인임을 과시했었다. 그만큼 한국에 목말라 있었기 때문이기도 하다.

외국에서 주옥 같은 가르침을 받고 상상도 할 수 없었던 성장과 배움으로 거듭나면서 나의 목마름은 더욱 커져만 갔다. 한국의 젊은 친구들에게 이 배움을 무한하게 나누고 싶었다. 프랑스에서 공부를 마친 후 10년간 스위스에서 살았던 나는 언젠가 먼 훗날 한국에 정착해 내가 알고 있는 이 모든 것을 한국 학생들과 아낌없이 나눌 때가 올 것이라 생각했다. 하지만 그것이 언제가 될지는 항상 의문이었다.

2020년 2월 2일 스위스 로잔에서 독주회를 마치고 한국 공연을 위해 약 일주일간 머물 예정으로 귀국했다. 그 짧은 방문은 코로나19로 인해 전 세계가 마비되고 비행기 운행까지 중단되면서 언제 다시 스위스로 돌아갈지 모르는 상황이 되어버렸다. 유럽에 있는 친구들과 지인들, 기획자들은 나의 복귀를 재촉했지만, 전 세계에 잡혀 있던 공연은 줄줄이 취소되었고, 내 마음은 날이 가면 갈수록 한국에 정착하는 것으로 굳어졌다. 언제

다시 스위스로 돌아갈 수 있을지 체크하면서도, 마비된 항공 스케줄을 보며 계속 한국에 머물 수 있음에 나도 모르게 안도하는 모습을 보며 마음이 혼란스럽고 어리둥절하기만 했다.

사실 나는 지금껏 한국에서 다시 유럽으로 돌아가려고 짐을 쌀 때면 마음이 천근만근이 되었고, 잘 가라고 손 흔드는 엄마를 보며 등을 돌릴 때면 하염없는 눈물이 흘렀고, 비행기를 타기도 전에 이미 나의 마음은 온통 향수와 그리움뿐이었다. 반대로 유럽에서 한국으로 갈 준비를 할 때면 마음은 너무나도 가볍고, 발은 날아갈 듯했다.

열두 살에 프랑스로 떠난 이래 코로나19로 가장 오랫동안 한국에 머물면서도 유럽의 어떤 것도 그립지 않고 누구도 보고 싶지 않다는 사실에, 그동안 얼마나 한국이 그리웠는지 체감했다. 그 후로 4년이나 흐른 지금도 마찬가지다. 얼마 전 스위스의 대학교에서 교수직을 제안했지만, 한국을 오래 떠나 있어야 한다는 것 때문에 높은 연봉에도 불구하고 거절했다.

그리고 지금은 내가 오랫동안 바란 대로 전국의 예술학교에서 마스터클래스를 하며 우리나라의 수많은 음악인을 만나면서 음악적 영감을 교류하고 있다. 거기서 재능을 발굴해 나의 인터스텔라 오케스트라를 설립하고, 영 아티스트 페스티벌을 개최하며 그들의 멋진 음악을 청중에게 선사하고 있다.

너무 지적으로, 이성적으로, 인위적으로 세워지는 목표를 선호하지 않는다. 나의 계획들은 벼락처럼 다가온 사랑으로 인해 '어쩔 수 없이' 세워진다. 그 작품을 연주하지 않으면 미칠 것 같아서, 잠도 못 자고 밥도 못 먹을 것 같아서, 존재 자체가 불가능해질 것 같아서, 그 작품을 탐구하고 그 작품과 함께하는 시간이 지극히 행복해서 그 곡을 연주하고 무대에 올린다. 그러는 과정에서 성장하며 배우고 알게 된 것들을 하루빨리 공유하고 싶은 마음에 전국에서 마스터클래스를 진행하며 학생들에게 나의 모든 것을 전수한다. 음악이라는 뚜렷한 주제 안에서 주변의 상황에 따라, 맺어지는 인연에 따라 나그네처럼 유유히, 유연하게 거닐며 성장할 것이다. 음악을 넘어서서 예술, 그리고 인간의 본질을 탐구하는 일은 멈추지 않을 것이다. 앞으로도 한국에 주로 거주하면서 내 음악을 원하는 곳이 있다면 국내든 해외든 가리지 않고 달려갈 것이다.

음악은 서로가 서로에게 연결되는 공간을 열어준다. 그 속에서 나는 청중 한 분 한 분과 하나가 된다. 그 한 사람 한 사람은 음악 안에서 강렬히 현재에 존재하고, 그들의 목마름이 음악을 통해서 나의 목마름과 하나가 되는 것을 느낀다. 그들의 본질과 나의 본질이 만나 침묵에 닿는다. 우리의 아름다운 형태 중 하나인 침묵. 그것에 시종하는 것이 내가 하는 일이다. 내가 세상에 전하고자 하는 모든 것은 나의 연주 안에 담겨 있다. 그것을 시로 표현해 본다.

우리는 무한한 사랑입니다.
우리는 무한한 충만입니다.
우리는 완전한 자유입니다.
우리의 본질은 광명의 빛입니다.
우리는 열려 있습니다.
우리는 모든 것이 가능합니다.

우리는 그 자체로 숭고한 존재입니다.
우리는 지금 이대로 충분합니다.
우리는 지금 이대로 괜찮습니다.
우리는 계속 더 좋아질 수밖에 없습니다.
지금 여기 숭고한 본질로서 존재하는

우리가 너무나도 자랑스럽습니다.

우리는 그 자체로 귀한 존재입니다.

우리의 몸은 그 자체로 사랑입니다.

우리는 그 자체로 고귀하고 성스러운 존재입니다.

우리의 몸은 그 자체로 아름다운 작품입니다.

우리의 본질은 써도 써도 줄지 않고

써도 써도 닳지 않는 영원한 충만입니다.

우리는 무한한 가능성입니다.

우리는 온전하고 완전합니다.

우리는 존재 자체만으로도 조건 없는 사랑을 받을 자격이 있습니다.

외모나 성취한 일 같은 외부적인 것들로

우리의 가치를 측정할 수 없습니다.

우리는 존재 자체로 무한한 사랑이고 숭고한 존재입니다.

사랑은 구할 필요가 없습니다.

이제 우리의 본질을 진정으로 알았으니

우리 자신을 정말 경이로운 존재로 존중합니다.

우리 자신을 정말 사랑으로 대합니다.

우리의 몸을 정말 아름다운 작품으로 대합니다.

우리의 몸을 정말 숭고한 가치로 대합니다.

우리 자신을 있는 그대로 존중하고 당당하게 표출합니다.

우주도 '나'라는 그 유일하고도 존귀한 존재를 누릴 권리가 있습니다.

유일한 나 자신을 존중합니다.

그리고 우주에 '나'를 누릴 수 있는 그 영광을 선물합니다.

지금 여기 고귀한 본질로서 존재하는 우리가

너무나도 자랑스럽습니다.

지금 여기 빛의 본질로서 존재하는 우리가 너무나도 자랑스럽습니다.

사랑은 우리가 타고난 권리입니다.

우리는 광명의 빛의 나눔입니다.

우리는 무한한 사랑의 나눔입니다.

우리는 광명의 빛의 표출입니다.

우리는 대자비의 표출입니다.

우리는 무한한 충만의 표출입니다.

지금 당장 여기에서 당신의 숭고한 본질을

자유자재로 표출하며 당당하게 마음껏 사용해 보세요.

지금 여기서 그렇게 하지 못할 이유가 하나도 없습니다.

우리의 본질은 인종, 성별, 문화, 종교,

그 어떤 것에도 속하지 않고

모든 것을 초월한 순수한 광명의 빛입니다.

우리의 운명을 축복합니다.

우리의 삶을 축복합니다.

우리의 몸을 축복합니다.

우리의 모든 것을 진심으로 축복합니다.

나는 사랑이다.

당신은 사랑이다.

나는 당신이다.

당신은 나다.

나와 당신은 나다.

당신과 나는 당신이다.

당신과 우리는 나다.

모든 것은 나로부터 출발한다.

나는 이 우주에서 가장 중요한 존재다.

나는 이 우주에서 가장 숭고하고 고귀한 존재다.

©ESTRO KIM

블리스 BLISS

제1판 1쇄 인쇄 2024년 6월 22일
제1판 1쇄 발행 2024년 7월 6일

지은이   임현정
펴낸이   나영광
책임편집   김영미
편집   정고은, 오수진
영업기획   박미애
교정   이진우
디자인   박은정
사진 제공   다나기획사

펴낸곳   크레타
출판등록   제2020-000064호
주소   경기도 고양시 덕양구 청초로 66 덕은리버워크 B동 1405호
전자우편   creta0521@naver.com
전화   02-338-1849
팩스   02-6280-1849
포스트   post.naver.com/creta0521
인스타그램   @creta0521

ISBN   979-11-92742-28-1 03810